盛世艺缘

沈斗平翰墨缘

沈斗平 著

海峡出版发行集团
THE STRAITS PUBLISHING & DISTRIBUTING GROUP
海峡文艺出版社

沈斗平近照

沈斗平

国画家沈斗平，字学璟，号学乐斋主，出生于福州，祖籍福建诏安。现为中国美术家协会福建分会会员、民进中央开明画院理事、中国当代书画家联谊会理事、中国民族艺术家协会副会长、福建省直机关屏山书画院副院长、福建省花鸟画家学会理事、福州市政协委员、福州市政协书画院画师、福州市海内外书画家联谊会画师、厦门海峡书画艺术产业协会理事、厦门张雄书画院副院长、全美福建工商总会顾问。

沈斗平自幼师从慈父国画大家沈锡纯，专攻花鸟与山水画，尤擅画梅、竹，所作梅花、墨竹用笔独特，清新淡雅，气韵生动。曾得启功、黄胄、谢稚柳、陆俨少、何海霞、李震坚、程十发等名师指导，技法日臻娴熟。近年来，用色从浓墨重彩转向轻彩淡墨，逐渐形成自身艺术风格。原中国美协副主席、中国美术馆馆长刘开渠先生题赞其“高风逸思”。他的部分作品被人民大会堂、刘少奇纪念馆、宋庆龄纪念馆珍藏。

自20世纪80年代中期以来，沈斗平多次在杭州西泠印社、北京音乐厅、上海朵云轩以及福州、厦门、东南亚等地举办个人画展，先后赴法国、意大利、澳大利亚等国进行艺术交流。1992年，而立之年的他在中国美术馆举办个人画展，启功、沈鹏等艺术前辈亲临现场参观指导，受到社会各界赞誉。2013年至今，他已三次牵头发起“八闽之光”书画联展。2015年4月，他应美国旧金山中国画廊之邀，携新作赴美国成功举办个人画展。《人民日报》《文汇报》《中国日报》《中国书画报》《文艺报》《世界日报》《亚洲日报》等海内外数十家媒体均为其画展做过专题报道，2013年中央电视台拍摄专题片《沈斗平写意人生》。

出版有《沈斗平画集》《沈斗平画展作品选》《沈斗平翰墨因缘》等画册。

序一

创造自我 追求无我

近日，收到斗平贤侄寄来的画作和一些回忆文章，知悉他即将出版《盛世艺征——沈斗平翰墨缘》，想把自己近年来的新作、珍藏多年的名家墨宝以及与各位前辈交往的记忆、照片编辑成册并公之于众，由衷为他感到欣慰和高兴。

我与斗平贤侄一家相识、交往甚久了。乃父沈锡纯是福建画坛的元老，我们经常来往，结下了深厚情谊；之后看着斗平子承父业，自幼随父习画，弱冠之年又不断求教于启功、沙孟海、陆俨少、谢稚柳等前辈，得到诸位名家的面授指点，艺术水准日渐纯熟。记得 1992 年他就在中国美术馆举办了个人画展，我应邀到场参观，当时就觉得斗平颇具艺术功底和艺术个性。这些年，斗平寻师访友、笔耕不辍，今天再看他的作品，已是一番新的面貌，尤其在花鸟画方面已渐成气象。这都得益于他那刻苦的磨炼和虔诚的拜师学艺，取百家之长处、听逆耳之良言、悟艺术之真谛。这些年他用功之勤、悟性之高、进步之快，虽在情理之中，却又出人意料。

更难能可贵的是，斗平贤侄将多年来珍藏的名家手迹、老照片收集整理，配上简短的文字告诉我们一幅幅真迹、一张张照片背后的感人故事，其赤子之心可见一斑，其意义也非同寻常。这些都是他向众多书画界前辈虚心请教和虔诚学习的印记，叙说着斗平与他们交往情谊、心灵交流的"翰墨缘"，饱含着各位前辈与他的"师生情"。冰心、巴金、启功、沙孟海、谢稚柳等等，他们或是文坛巨匠，或是名重一时的书画泰斗，能够如此厚爱、善待晚生，既缘于斗平对前辈的敬重、对艺术的真诚和为人坦诚宽厚的性格特点，也从另一个侧面体现了前辈们的高尚人格和大家风范，而后者正是当下这个时代所欠缺的。抚今追昔，不由感慨系之！

斗平将自己的画室取名为"学乐斋"，意在学习快乐为要旨、不断追求艺术的真谛。我想，作为一个把绘画当成自己一生追求的画家，把画画还原为一种生活的状态，让心手呼应，让画笔直指内心，兼容并包，师法自然，创造自我、超越自我、追求无我，应该是一件很幸福的事情。我相信，不久的将来，斗平会给我们带来更多佳作、更多惊喜。

是为序。

胡平

2015 年 11 月 8 日

（作者系原国家商业部部长、原福建省省长）

序二

悠然自足　静默似歌

应美国旧金山中国画廊之邀，他于 2015 年 4 月在那办了场个展，引起了海内外众多媒体的关注与报道。不久，他又牵头在厦门办了“八闽之光”书画展。其实，在画画与办展览的同时，他还忙着编撰《盛世艺征——沈斗平翰墨缘》一书。他就是著名国画家沈斗平先生。

看完《盛世艺征——沈斗平翰墨缘》，我对斗平兄的评价是：幼承家学，交游广泛，令人赞叹。艺坛大师对他的关心和殷殷期待，让人羡慕。想想启功、刘开渠、黄胄、张仃等书画界大师对他的嘱咐“莫负光阴”，这种视如子侄般的亲切关怀，是何其浓烈！还有文学泰斗巴金、冰心等先生对他的鞭策与鼓励！在这些老师的关心指导之下，斗平兄历经四十余年的笔墨耕耘，获得了八闽画坛的充分肯定，并走出国门，到美国去弘扬优秀传统文化，为国争光，也为自己赢得了荣誉和肯定。在本书出版之际，笔者想借此简要谈谈斗平兄的审美与绘画，以此为楔子，也当告慰这些关心他的老师们。

倪云林有诗云：“兰生幽谷中，倒影还自照。无人作妍媛，春风发微笑。”是说兰花生于幽谷中，倒影自照，看似空寂却有春风的微笑相伴，在一呼一吸之间，与宇宙息息相关，悠然而自足。在斗平兄的作品中，笔者也读到了这份悠然自足。如作品《晨曲》，画面中上方以淡墨绘出折枝三四根，一只雀鸟站在树枝上仿佛也在俯身自照，虽不见微风，但涟漪淡淡，烟光淼渺，气息活现。他的水墨梅花也是闻名于画坛，尤其是墨竹的那种气势，若君子般的淡雅，更是让画友和收藏家们爱不释手。笔者认为，这是他对中国画传统艺术精神的一种思考与理解。

我们知道，中国画传统的艺术精神，或说所追求的艺术境界，与西方艺术不同。它追求的不是如照相机般对景物的复写，也不只是对景物本身的简单歌颂、赞美，而是一种通过提炼的，比景物本身更高、更深、更大的意境，一种让心灵、宇宙净化、深化的境界。因为中国画讲究笔墨的同时还十分注重画面的虚白。画家通过自己的笔墨经营，把山水、花鸟、树石等集中在画面这片虚白上，同时，画中的一山一水、一树一石、一花一鸟又寄予了画家的一份情，于是：“万物浸在光被四表的神的爱中，

宁静而深沉。深，像在一和平的梦中，给予观者的感受是一澈透灵魂的安慰和惺惺的微妙的领悟。”（宗白华语）

观斗平兄这一批作品，不难看出他非常注重画面虚实关系的处理。大至树石、花草，小至鸟虫，每一个景物的位置、每一处留白都是他苦心经营所得，兼工带写、轻彩淡墨的风格让他的画面显得相对静默，加上活灵活现的气息，故画面呈现出静默又似歌的意境。

熟悉斗平兄的朋友应该会知道，他的父亲是国画大家沈锡纯先生。因此在绘画的成长道路上，他可能会比别人走得更快一些，事实也证明了这一点。早在1988年他就在杭州西泠印社举办了首次个人画展，及后90年代还在北京音乐厅、上海朵云轩等地方举办了个人画展。值得一提的是，他在而立之年就在中国美术馆成功举办个人画展，并得到了启功先生的亲临指导。这些经历想必也是很多画者望尘莫及的。像他这样的“画二代”，自小受艺术的熏陶，幼承庭训，但也比较容易忽略个人的努力与思考。还有一点，长期受父辈一种风格的影响也很容易受其所困，难以打破局限而诠释自我。从斗平兄今天的绘画风格看，他完全打破了这种“画二代”的束缚，实现了从原来“五彩缤纷”到现在“轻彩淡墨”的转换，并在画风上与其父沈老拉开了距离。笔者认为，这是斗平兄绘画的一个重大的转变、成长，也是他在审美上的升华。换句话说，如果他能继续保持这种天真烂漫、悠然自足的创作心态，能把这种静默似歌的艺术境界不断深入，相信他的艺术之路将会走得更远，那么也就真正对得起大师们的嘱咐“莫负光阴”了。笔者臆测，向大师看齐——也许这就是斗平兄出版此书的最终用意。

是为序，也借此祝贺他！

陈裕亮

乙未年十一月于京华中堂华韵

（作者系著名中青年学者，现为中国文艺评论家协会会员、福建省美协理论艺术委员会委员）

目　录
CONTENTS

艺术界往来

收藏书画选

附　录

艺术界往来

松风水月见清华

——忆与启功大师的交往

在我小时候，就耳闻一代书画大师启功先生的大名，总觉得他很神秘，一直以来仰慕之至、充满敬佩，后来有幸与他多次谋面，当面聆听他的点拨，还得到了先生的真迹字画。近日，在收集整理收藏，再度仔细欣赏先生真迹的时候，先生那和蔼谦虚、笑容可掬的样子又浮现眼前，与先生交往的往事历历在目、印象至深。

第一次见到启功先生是在1988年的秋天。那时，福建省直机关青年书画协会刚成立，我作为主要的创办人，谋划着邀请哪位重量级的书画大师为协会题写牌匾。大家商议说，当然是首推中国书协主席启功先生了。我们心里都清楚，启功先生可是书画界的泰斗，分量肯定足够，可他会不会为我们题字，心里没底。抱着尝试的想法和热切的期盼，我通过柔坚兄的介绍，与启功先生取得联系。启老欣然答应接见我。我好不容易找到了启功先生位于北师大的住所，发现门口挂着告示牌：身体欠佳，恕不接待。但透过门缝，屋内不时地传来爽朗的笑声，在笑声中隐隐听到有老者的谈话音。我心想，既然到了门口，何不试试呢？我壮壮胆，轻轻叩门。出来开门的是一位中年男子，问：“你找谁？”我立马上前，自我介绍说：“我

百鹤图　沈斗平画　启功题

是上海画家沈柔坚介绍来找启功先生的。”他进屋说明情况。启功先生听说是老朋友沈柔坚介绍来的，就让我进屋。我跟着中年男子进屋，看见屋内有七八个人，大家围坐着，一位老者当中坐，有说有笑的。见有人进屋，他们停了下来。老者笑着问道：“你有什么需要我帮忙的？”我心里猜到那老者就是仰慕已久的大师——启功先生，他那和蔼亲切的样子，满脸的笑容，让我不再紧张。我赶忙自我介绍，还把父亲也搬出来了，向他说明了来意。启功先生谦虚地笑着说：“这应该请杭州的沙老题写呀。”我赶忙说：“我们拜见了沙老，沙老建议请您题写。”启老起身，来到书桌前，率性地提笔写下“福建省直机关青年书画协会”。那字体飘逸清秀，趁着墨迹未干的等候间隙，我打开随身带来的《百鹤图》，请启功先生过目指点。先生展开画卷，认真欣赏，说道：“画得非常好！姿态各异，栩栩如生，有灵气！”说完，他还在我的画作上题写了“百鹤图——沈斗平画，启功题”。这足见他对我画作的肯定。初次见到仰慕的大师，认真聆听他的指点，还得到了先生的真迹，心里甚是激动，深深敬佩大师的风范——谦逊低调、质朴真诚、和蔼可亲。

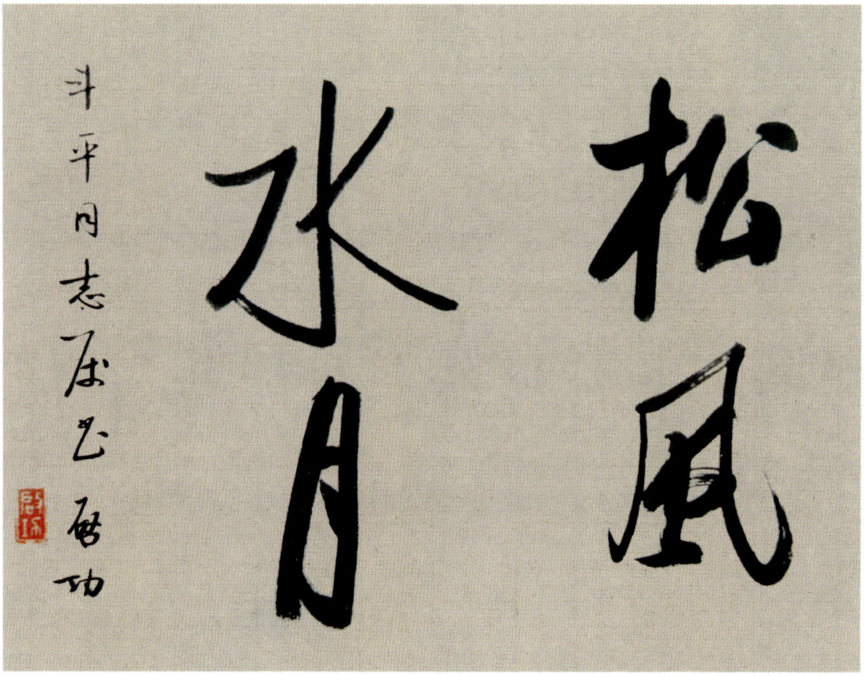

行书　启功

时隔一年多，我和沈寿文先生同去北师大红砖楼，再次专程拜访启功先生。我们运气很好，先生一个人在家，听说我们的来意和情况介绍后，他就让我们进屋。启功先生看到我，微微点头，依然记得我，还详细询问福建省直机关青年书画协会的进展情况。他说道，这是很好的起步，要继续努力，要深入生活、体验生活、积极创作。这是先生对年轻人的鼓励和鞭策，更是对我们的期许和厚爱。我们向先生请教书法艺术，倾听先生的指点。先生对福州的脱胎漆器等艺术文化很有兴趣，向我们了解脱胎漆器的制作工艺、流程，探讨福州文化的个性特征，还向我们打听郑乃珖、潘主兰、周哲文等闽派画家的近况。闲谈之际，我打开带来的册页请先生指点。他发现册页上已有了程十发、何海霞等人题写的字，开玩笑地说:“这是嘱书嘛！”随后提笔书写“松风水月”，并兴致勃勃地为我的画展题匾。一个多小时的闲谈，先生将诸多艺术观感与心得和盘托出，让我们深深感受到启功先生的幽默随和、豁达大度，真切感受到时他的人格魅力。

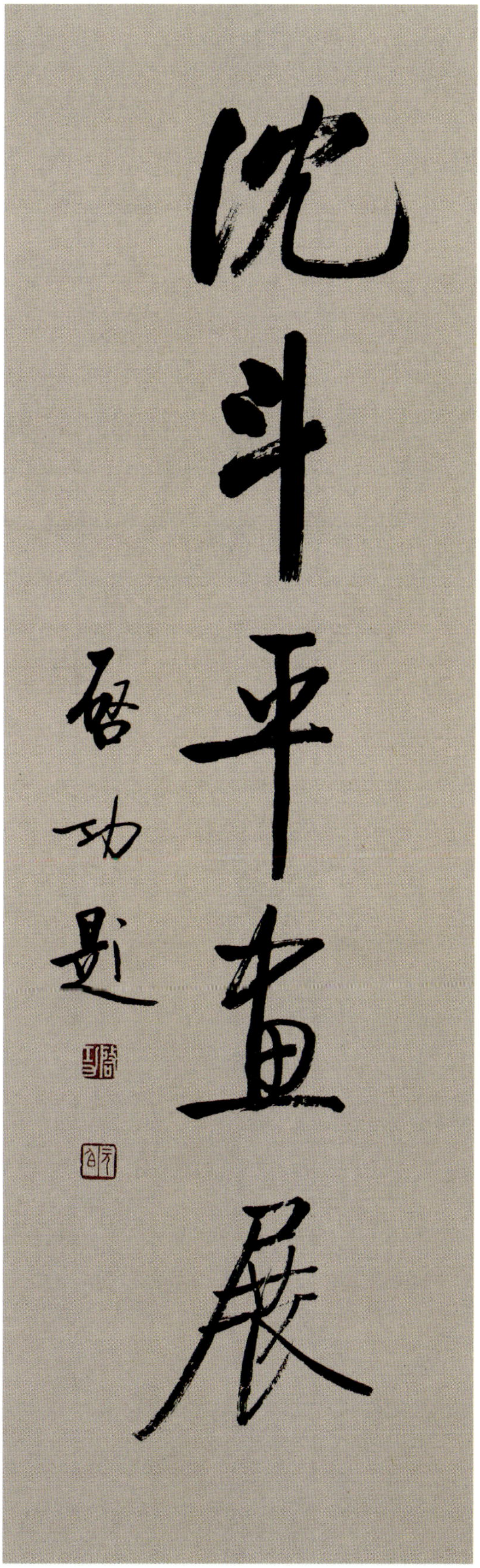

启功题

第三次与启功先生的见面，是在我的北京画展上。1992年的冬天，我正在中国美术馆办画展，邀请了启功先生莅临指导。几年未见，不知道启功先生的档期安排，他详细询问了画展的时间，看了行程表，说是有两个小时的空当，可以前来参观画展。画展开幕式结束没多久，突然展厅的门口好多人围着一位老者，大家都欢呼了，我赶忙迎上去。他——启功先生终于闪亮登场了。他拄着拐杖，手里还拿着我画展的请帖，笑容可掬地走进展厅。我上前给先生介绍画展的情况。他在许多张画作前都驻足欣赏，特别是梅花、竹子的画作，一边欣赏，一边点评，说竹干很有特色，建议竹叶不要太多，要简单些，不要太规矩，要放开创作。

启功先生亲临中国美术馆参观“沈斗平画展”并题词祝贺

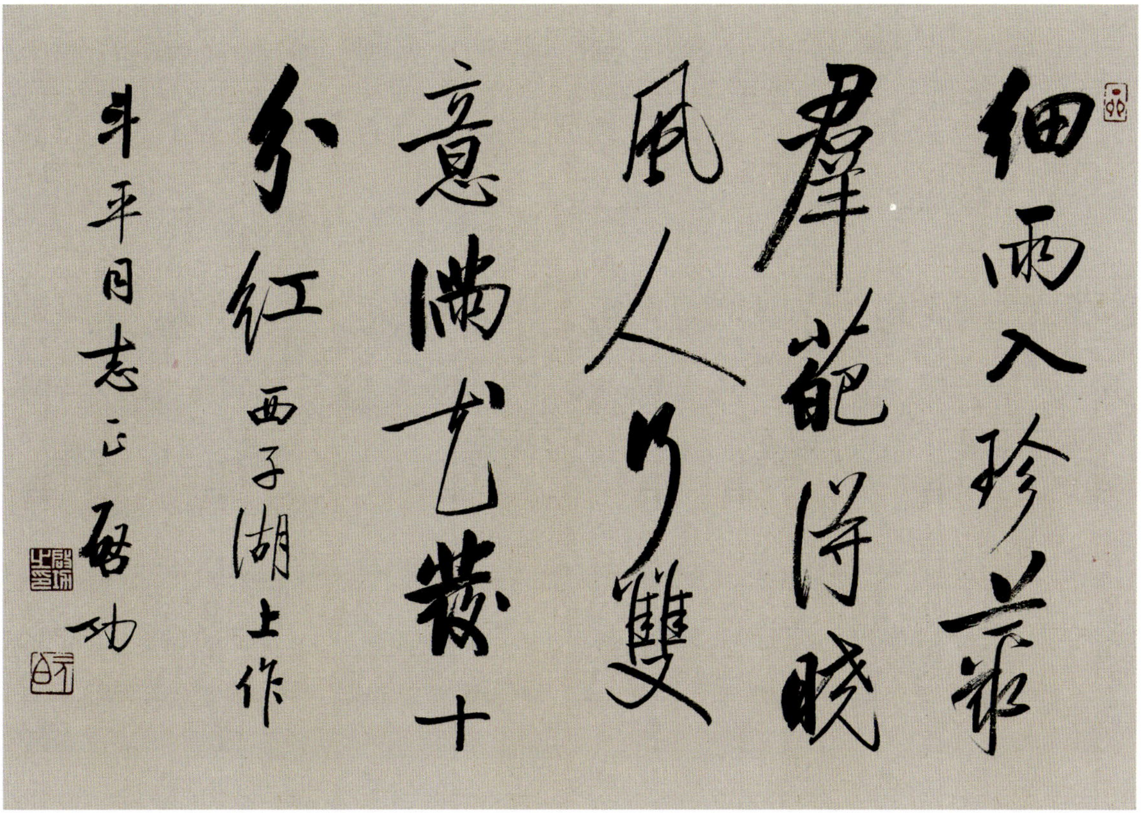

行书　启功

“细雨入珍藂，群葩得晓风。人行双意满，花发十分红。西子湖上作，斗平同志存，启功”。这是启功先生留下的真迹字画，我一直珍藏着，视为珍品，经常欣赏。人们常说“书如其人”，启老的书法，正如他人品学问一样，秀丽、博雅、才气横溢、风流洒脱。“不仅是书家之书，更是学者之书，诗人之书，它渊雅而具古韵，饶有书卷气息；它隽永而兼洒脱，使观赏者觉得余味无穷，因为这是从学问中来，从诗境中来的结果。”启老心中自有才华，为人真诚实在而幽默，心态年轻，淡泊名利，对年轻人关爱有加。启功先生有一古砚，上有铭文“一拳之石取其坚，一勺之水取其净”。他把自己的卧室兼书房命名为“坚净居”，自号“坚净翁”。这是先生的自勉之词，更是先生为人的真实写照。

翰墨书香在西湖
——追念沙孟海大师

在我接触书画之初，就耳闻了沙孟海先生的大名，知晓他被誉为当代书坛泰斗，是一代书法书学宗师，于是心里充满了崇拜敬仰之情，总有拜会沙老的愿望。偶然听友人说，他曾经在西子湖畔见到沙老，得到他的指点，这让我更是有一种强烈的念想，想象在西湖边上拜见沙老的情景。

1988 年夏天，我出差到杭州，公事结束后，从中国美术学院王伯敏教授那里打听到了沙老的住址。我欣喜若狂，拜见沙老的念想更是急切。那是一个周末的下午，我在杭州龙湖路找到了沙老的寓所，地处西湖边上一个闹中取静的幽处。我心想：这里真是“结庐在人境，而无车马喧”啊。我运气极佳，没有遇到一个外人，前来开门的是沙老儿子沙更世。我自我介绍后，他说认识我父亲，于是便请我进屋。沙老热情地接待了我，亲切地询问我的名字、年龄及工作情况，还饶有兴致地问我：沈柔坚也是福建人，也姓沈，你们有亲戚关系吗？我如实作答，并向沙老当面请教书画知识。他耐心地一一作了评说。我又禀明此行来意：一是了却从小的心愿，仰慕先生已久，特意来请教；二是请沙老为我的藏画册页题签。沙老爽快地答应了，写下了“盛世艺征”四个大字，还谦虚地说，他的字写得不好，要请启功先生题写。我怀揣着墨宝，再三致谢，依依不舍地向他告辞。他伸出那双创造出无数件书法杰作的大手，与我握手道别。

与沙孟海先生合影于杭州

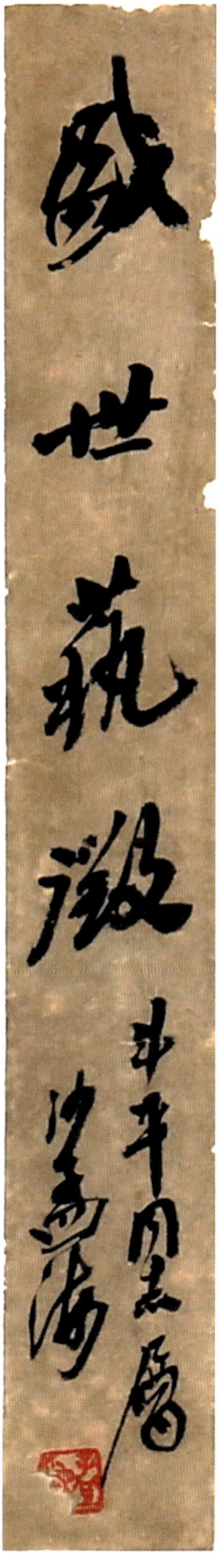

沙孟海题

沙孟海题

时隔一年，我专程再次前往杭州，想请沙老为我的书斋“学乐斋”题写斋名。听说沙老身体欠佳，正在住院疗养，我经朋友探听到了沙老的病房，去医院探访。那时，沙老正在散步，我迎上去，介绍了自己。沙老还记得我。我真有些于心不忍，但又有些心存不甘，便向沙老提出了请求，恳请他为书斋题写。真让我没有想到，沙老还是爽快答应说：“你先请回，给我一些时间，我写好就寄给你。”当时的我，真没有抱太多的希望，况且他老人家身体不好。回到福州不久，一封落款为“西泠印社”的挂号信，从西子湖畔飞来。手捧沙老的题签，我心中充满了无限的感慨和敬意。

20多年前与沙老的两次谋面，令我终生难忘，至今时常浮现眼前，深深感悟到大师的风范：他谦逊和蔼，善待年轻人，更是信守承诺。一面之缘，受其恩惠，终生难忘。

清致　沈斗平

从无字句处读书

——记与冰心先生交往的那些事

每当翻看与冰心先生的合影，她老人家“与有肝胆人共事，从无字句处读书”的教诲就会萦绕耳边，几次聆听她指教的往事历历在目，现在回想起来，感到无比的亲切和感动。也正是这些教导，让我在艺术、为人等方面受益匪浅，促使我不断前行。

第一次见到冰心先生是在 1990 年深秋。那时，我正在北京音乐厅举办“沈斗平画展”，时任全国人大常委会副委员长、民进中央主席的雷洁琼，原国务院副总理方毅，原北京市委书记段君毅，原中纪委副书记李正亭等领导同志为画展开幕式剪彩，原中共中央政治局常委宋平先生、原福建省委书记项南、原福建省委书记陈光毅、原海关总署署长钱冠林等领导拨冗参观我的画展，为画展的成功举办增添了许多光彩。在办展的过程中，老友陈则生先生提议说：“这么多的老领导、老同志都来参观你的画展，为什么不邀请我们福建人的骄傲、文学巨匠冰心先生也来指点指点呢？”

斗年春

集有用胆人具事

從无字句處讀書

冰心

冰心先生观看沈斗平画集（右二为中央电视台主播计渝）

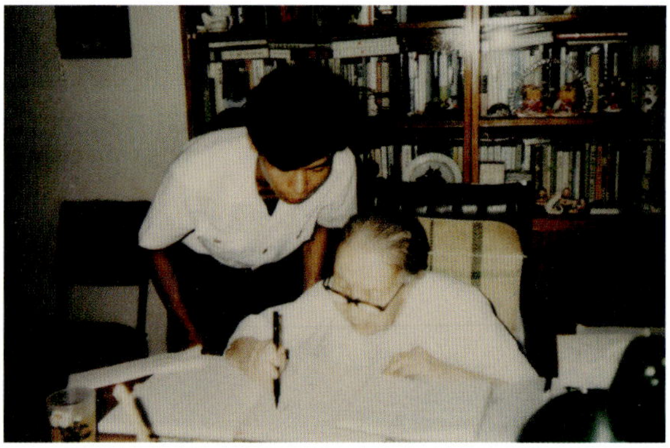

冰心先生为作者题词

冰心先生观赏作者作品

与冰心先生及其女婿陈恕合影

受则生兄启发，我心想：要是能邀请冰心先生到现场参观画展，为自己的画作指点指点，真是件三生有幸、不可轻易奢望的事呀！于是，通过则生兄打听到了她的住所，就斗胆去中央民族学院拜访她。我和中央电视台节目主播计瑜，中央电视台记者沈志宏、许钢鸣，福建电视台记者高远平先生一同前往中央民族学院专家楼，轻轻敲开了她老人家的家门。冰心先生的女儿吴青、女婿陈恕在家，听说我们是来自福建的老乡，特别热情地招呼我们进屋。老人家的屋子整理得干净整洁，客厅墙上正中挂着吴作人先生的水墨画《熊猫图》，用泼墨大写意的画法，寥寥数笔，憨态可掬的大熊猫跃然纸上。画的两边是梁启超先生“世事沧桑心事定，胸中海岳梦中飞”的对联。靠近卧室的墙边是一排书柜，上面摆满了各类书籍。屋里的一只雪白的长毛小白猫，见到生人来，就蹦上桌子，扭头看着我们。

我们还来不及仔细观看客厅的摆设、精致的画作，冰心先生在女儿的搀扶下从里屋出来，热情地招呼我们坐下。第一次见到仰慕已久的文坛巨匠，心里甚是激动，先生那和蔼慈祥、充满爱心的样子给我留下深刻印象。我们一行依傍着老人家坐下。我向老人家详细介绍了自己的学习、工作等情况，不时地流露出自己的敬仰之情。老人家向我们打听老家的发展变化，还谈到了脱胎漆器、船政文化，聊了艺术的发展趋势……相谈甚欢之际，老人家见我随身带来了画集，就说："让我看看吧！"我小心翼翼地递上了画集，请她鉴赏指点。老人家兴致勃勃地欣赏着每幅画作，不时地说："画得好，画得好！"她对着我的新作《凌霜傲雪》饶有兴趣地观看许久，说道："画作的整体构图巧妙，用色大胆有度，菊花疏密相间，显得栩栩如生。你很有前途，是我们福建年轻人的骄傲呀！"看完画集后，她耐心地建议说："画面题款稍长，可以简练些，越简练越好，比如，画册中的'春色似锦'可以改为'春似锦'。"我见老人家对新作《凌霜傲雪》颇有兴趣，就把那幅菊花画作为礼物赠送给老人家，心想：菊花寓意吉祥，独立于秋风中，代表了人的品质气节，正如老人家的高尚品格。

冰心先生与作者亲切交谈

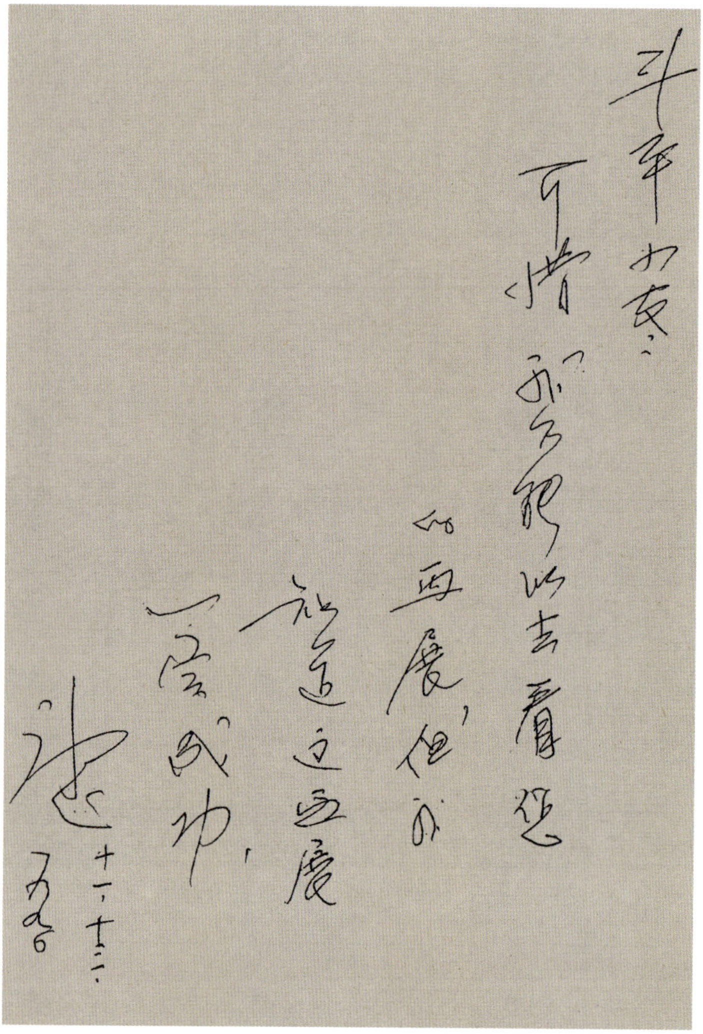

冰心题

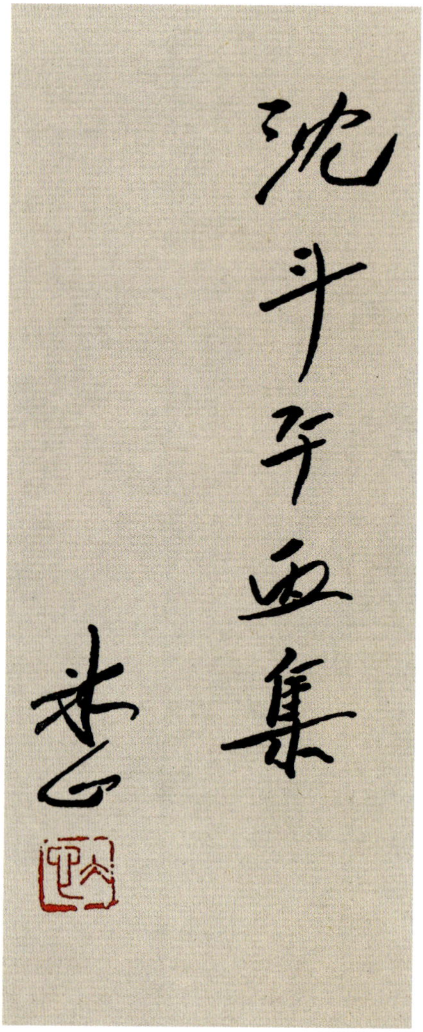

冰心题

看完画作，当我们说明想邀请她到北京音乐厅参观画展的时候，冰心先生说：“最近身体欠佳，不能去看你的画展了。但我为你感到骄傲，可以为你写几句话。”她就吩咐女儿准备纸笔，慢慢挪步到书桌前，提笔写下“斗平小友：可惜我不能前去看您的画展，但我知道这画展一定成功”，还欣然写下“与有肝胆人共事，从无字句处读书”赠送我。我接过墨宝，像宝贝似的捧着，生怕有个闪失。她老人家把我当作“小友”对待呀，能与文学巨匠结下朋友，真是万分荣幸。我也知道，“与有肝胆人共事，从无字句处读书”是周恩来总理的自勉联，蕴含着深厚的人生哲理。我时刻铭记着这句话，把它作为我为人处世的原则。临别时，她还关切地说：“斗平，你来北京办画展很不容易呀，有什么困难需要帮助的？住的地方交通方便吗？要不要帮你寻个住的地方呀？”简单的几句话，凝聚了老人家对年轻人的无限关切，这一腔热情和拳拳爱心让我深受感动，更加敬仰眼前这位和蔼可亲的老人。

第二次见到冰心先生已是两年后的事了。1992年9月，祖籍福清的原全国政协委员王命兴先生创立了福建省扶助残疾人促进会，开展慈善扶助事业。促进会成立之前，王命兴会长想邀请冰心先生当顾问、为促进会题词，就约我和我的母亲李文玉女士一同前往北京拜访她。那时正值初秋，天空一碧千里，从那湛蓝的天空上洒下的阳光，让人感觉到异常的温暖与明亮。我们一行就在明媚的秋光里敲开了冰心老人家的家门。那时，92岁高龄的她，身体不是很好，正在家养病，听说我们是福建老乡而且为残疾人事业来的，脸上洋溢着爱意。她与我母亲聊了一些家事，谈得很有兴致。她对我母亲说，她与家父早有书信来往，也关注着家父的动态。更让我感动的是，老人家清楚地记得我两年前来拜访她的一些事，记得我赠送的那幅《凌霜傲雪》菊花图，还叮嘱说，年轻人要珍惜幸福时光，好好努力，会有前途的；有机会到上海可以去拜访拜访巴金老人，他是受人敬仰的泰斗。王会长说明了我们的来意，向老人家介绍了促进会的宗旨和规划，她不停地点头表示赞许，说道："慈善事业是一项高尚的工作，你们有这样的爱心，很值得称道。"她欣然应允担任促进会的顾问，并为促进会题词。

20多年过去了，老人家的叮咛、教诲时常萦绕耳边，她对年轻人倾注的关爱让我终身受益，尤其是书写周总理自勉联"与有肝胆人共事，从无字句处读书"相赠，更对我的艺术创作、为人处事带来鞭策和鼓舞，成为我不断前行的动力和源泉。"与有肝胆人共事"道出了交友的目的和原则，生活当中我们要选择"有肝胆人"为友，要选择在学业上、事业上志同道合、肝胆相照的人结为知音，相互勉励、相互补充，方能对事业有所裨益。"从无字句处读书"更为发人深省，告诉我们读书要善于品味言外之意、象外之旨，尤其要善于从生活中体会、学习和积累；作画也是如此，要从大处落笔、小处着墨，画作的结构、布局、呼应要有张有弛、有迎有让、有韵有味。

"有了爱，就有了一切。""一代一代的青年读到冰心的书，懂得了爱，爱星星，爱大海，爱祖国，爱一切美好的事物。"这是巴金老人对冰心先生的评价。几次与老人家的短暂接触，让我深深感受到她的爱心、热情、真诚。她是一位最可爱可佩的大家。通过与冰心先生的交往，我深深地明白了如何为人，尤其当个人取得一些成绩、获得一些荣誉的时候，更要谦虚谨慎；在他人遇到困难时，要主动帮助他人、关爱他人。学会大爱！大爱无疆！

虚怀若谷爱无疆

——记与巴金老人的两次见面

《繁星》《海上日出》《鸟的天堂》《激流三部曲》《爱情三部曲》《随想录》……这是他为我们留下的宝贵精神财富。他，一位世纪老人，被称为中国的卢梭、中国现代文学巨匠。他就是巴金先生。我有幸在 20 多年前与他谋面，并得到他的两次亲切接见，当面聆听世纪老人指教的一幕幕让我至今难以忘记。

那是 1992 年夏秋之交，我恰好在上海举办个人画展，想起了冰心先生曾提到：巴金老人是我们敬仰的文学大家，有机会到上海一定要去拜访他，他有很多值得敬重、值得学习的地方。《繁星》《海上日出》《鸟的天堂》等都是我们从小深爱的文学作品，小粉丝们多么期待着有拜访巴老的机会呀！我心想：既然到上海了，一定要找机会去拜访巴老。于是，我联系了父亲的学生——中国美术家协会上海分会副主席沈柔坚兄，向他了解巴老的住址，得知是在徐汇区武康路 130 号，就兴奋地拿着一张地图一路找去。到了武康路，发觉那是一个僻静的地段，优美的梧桐树，高高的围墙，偶尔还传来悦耳的琴声，使这片区域有别于繁华喧闹的南京路、淮海路。武康路 130 号，一个很大的院落，我轻轻叩开屋门，向开门的阿姨说明了来意。进屋后，阿姨领我进了书房。书房不大，柜子上摆满了各类书籍，只见一位满头白发、身材不高的老人，坐在椅上看书。这就是巴金老人！这就是自己仰慕已久的文学巨匠！那一刻，我的心跳“嘭嘭”加速起来，好比现在的“粉丝”见到自己的“偶像”！

进屋后，巴老面带微笑端详着我。我可能是太过激动，略带紧张地自我介绍说，我是沈柔坚介绍来拜访先生的，想请巴老指教。巴老说，他和柔坚画家是多年的老朋友，之前经常一起交流，现在还保持着书信来往。他对福建很有感情，年轻时候曾三次旅居泉州，与那座美丽的城市结下了不解之缘，泉州给了他很多创作灵感，不少题材就取自于泉州。闲谈过后，我向巴老说明了来意，说自己创作了一些画作，想请巴老过目，指点指点。巴老仔细端详了我的画作，用浓重的四川口音说，他对书画了解不多，但画画跟写文章一样，讲究简短精练，注重整体布局，把握结构着色；画得不错，画面虚实、轻重、疏密处理得当，用笔有力灵动。聆听着巴老的指教，发现他对画画有着独到的见解和认识，点评深刻到位，是位行家。我斗胆请巴老为我题字。巴老谦虚地说，他字写不好，可以给我签名，随后在他的《随想录》签上大名赠送我。在巴老屋内大约半小时，考虑他的身体状况，不能长时间打扰，我起身告辞。临走时，当我提出要与他合影的时候，他很爽快地答应，于是留下了我与巴老那弥足珍贵的影像。这短短的半小时，是我第一次近距离、面对面地聆听巴老的教诲，第一次感受世纪老人的谦虚和蔼。

1992 年在巴老寓所与巴老合影

1994年巴老第二次
在书房观赏沈斗平画作

时隔两年，那是1994年的夏天，我和青年画家、我的海关同事魏福顺先生前往上海。听说巴老最近身体状况不错，精神比较好，我们就决定再次拜访。凭着记忆，我们顺利找到了巴老的寓所。我们向来开门的阿姨介绍了个人情况，说明了此行来意，还给她看了上回与巴老的合影，她才应允让我们进屋，进屋后才得知那是巴老的妹妹。巴老一个人在书房内，穿着浅黄色的短袖衫，斜靠在窗边的藤椅上，正在闭目养神。我们俩轻步前去，来到巴老跟前，欲与交流，发现那时巴老说话已经不是很灵便了。我便拿出了两年前与他的合影照片和一些新作，递到他眼前。只见他精神为之一振，脸上露出微笑，看着合影照片不停地点头，用手在我的画作上比画着，想说些什么。尤其看到写意作品以及花鸟图的时候，他注视许久。从他脸上的表情觉察到，老先生对我的画作还是很感兴趣，也是很肯定的。见我们带了相机，巴老挪了挪身子，摆好姿势，我们心领神会，这是让我们与他照相，于是留下了我与巴老的第二次珍贵合影。这些照片，我一直珍藏着，那是一位世纪老人对年轻人的爱和关心。

现在翻开那些有点泛黄的老照片，当时的场景历历在目、永生难忘。当年巴老签名的那本《随想录》还珍藏在书柜中，偶尔还会拿出来翻看，别有一番感动。“他是火，温柔地为每个人的心灵照明，让大家找到人生的正路。”“理想不抛弃苦心追求的人，只要不停止追求，你们就会沐浴在理想的光辉之中。”“生命的意义在于付出，在于给予，而不是接受，也不在索取。”这些袒露心声的至理名言，我一直铭记在心。《随想录》中的人生感悟，使我的心境渐渐升华，心底有暖暖的感觉，这是巴老给我的感动！

节节高　沈斗平

云水丹青不染尘
——与陆俨少大师的翰墨缘

我的学画之旅，总离不开“师”“友”“缘”三个字，因画而求师，因画而成友，因画而结缘。说起画缘、情缘和老师名家的结缘，不能不说我与陆俨少大师的那段翰墨缘。

1987 年我在杭州西泠印社办画展的间隙，专程拜访了原西泠印社社长沙孟海先生。我在沙老的画室，向沙老请教了很多书法知识。沙老关切地说道：“美院有几位老师，在书画方面都很有成就，有空可以去拜访拜访。”沙老向我推荐了陆俨少老师，为我介绍了陆老的情况，还告诉我陆老的家庭地址。我带着沙老为我题写的“盛世艺征”的题签，前往浙江美术学院（中国美术学院前身）教工宿舍楼去拜访陆老。当时陆老恰好在家，进屋后发现居室的客厅比较小，仅 30 平方米左右，还兼做画室，画桌不大，一位头发有些花白的老人正在伏案作画。我知道那就是鼎鼎大名的陆老。我不敢打扰老人创作，轻声到跟前，只见老人正创作一幅山水画，烟波浩渺，云蒸雾霭。陆老的桌上

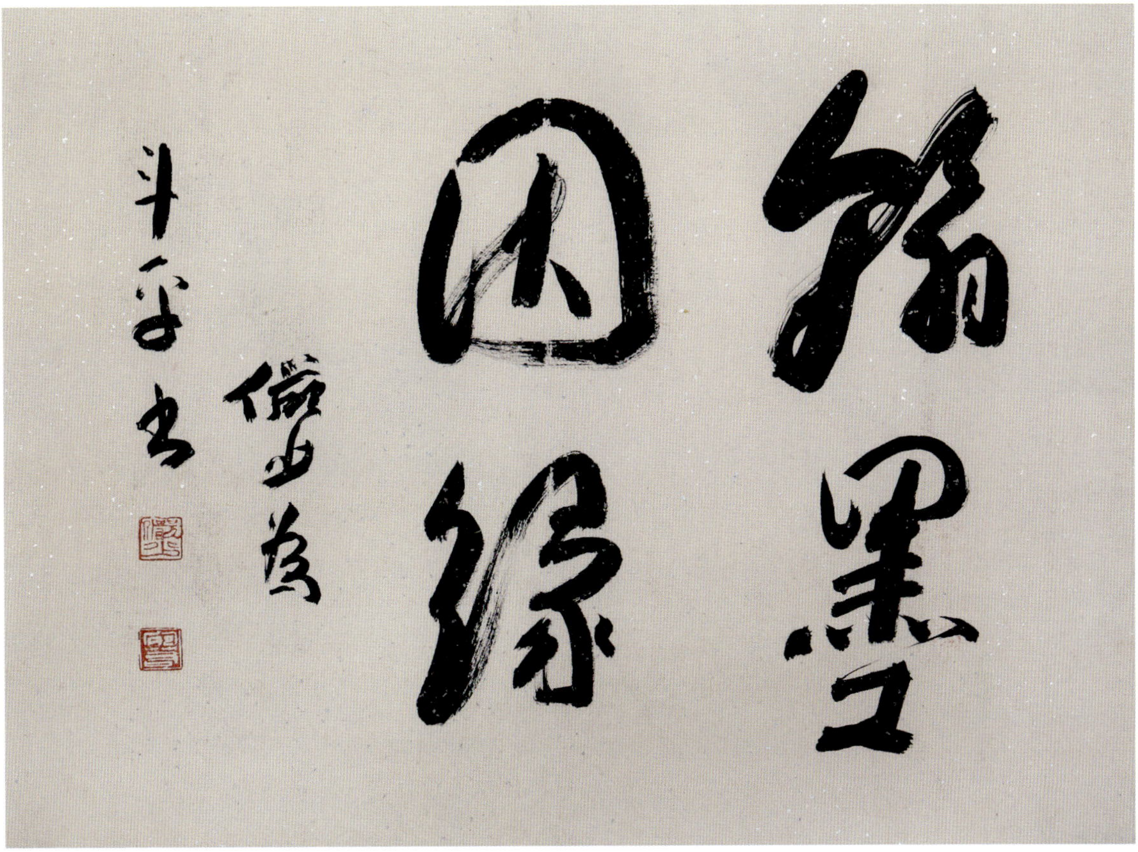

行书　陆俨少

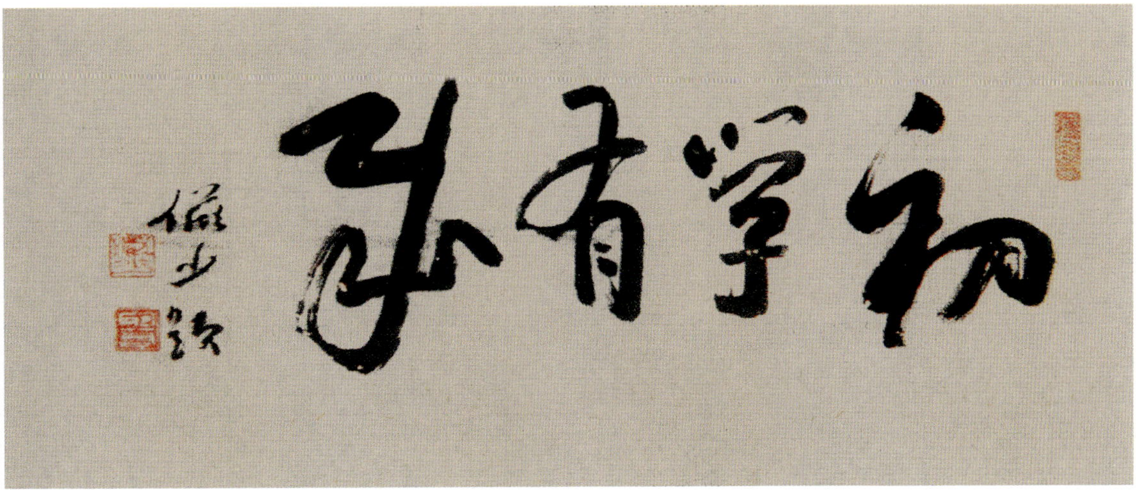

行书　陆俨少

画笔不多，听说陆老每次只用一支笔画画的。过了一会儿，我呈上了沙老赠我的题签。陆老见到沙老的手迹，放下手中的笔，询问我的学习、画画情况。他听说我在西泠印社办画展，点头赞许，说他很少听说福建画家来杭州办画展，而且还是这么年轻的画家。见我带着画册，他兴奋地说："给我也看看吧！"他边看边说道："画得很好，有自己的个性，福建风格明显。"他向我详细问了画展的情况，说是有空会去现场看看的。陆老说："有沙老的引荐，我也与你结缘，现在为你写几个字，也算是给你的勉励吧！"说话间，陆老提笔写下了"翰墨因缘""初学有成"的勉语。

一年后，我正准备在上海"朵云轩"办画展，再次专程前往杭州拜访陆老，请他指点迷津。他听完我的设想和规划后，说杭州的画展很成功，留给大家很深的印象；去上海办画展这是很好的想法，上海他很熟悉，到时可以介绍一些朋友到现场看看。他还特意提笔为我题写了"沈斗平画展"。

后来，我多次拜访陆老，与他结下了一段难忘的缘分。"翰墨因缘"，多贴切的词，与书画界大师名家的认识、求教，与艺术大师的心灵交流，皆是画的姻缘；以画会友，为画拜师，因画结缘，画是桥梁和纽带，让我有幸结识了诸多名家，得到了大师的当面指点，这是一种缘分——翰墨缘。

与陆俨少大师合影于其画室

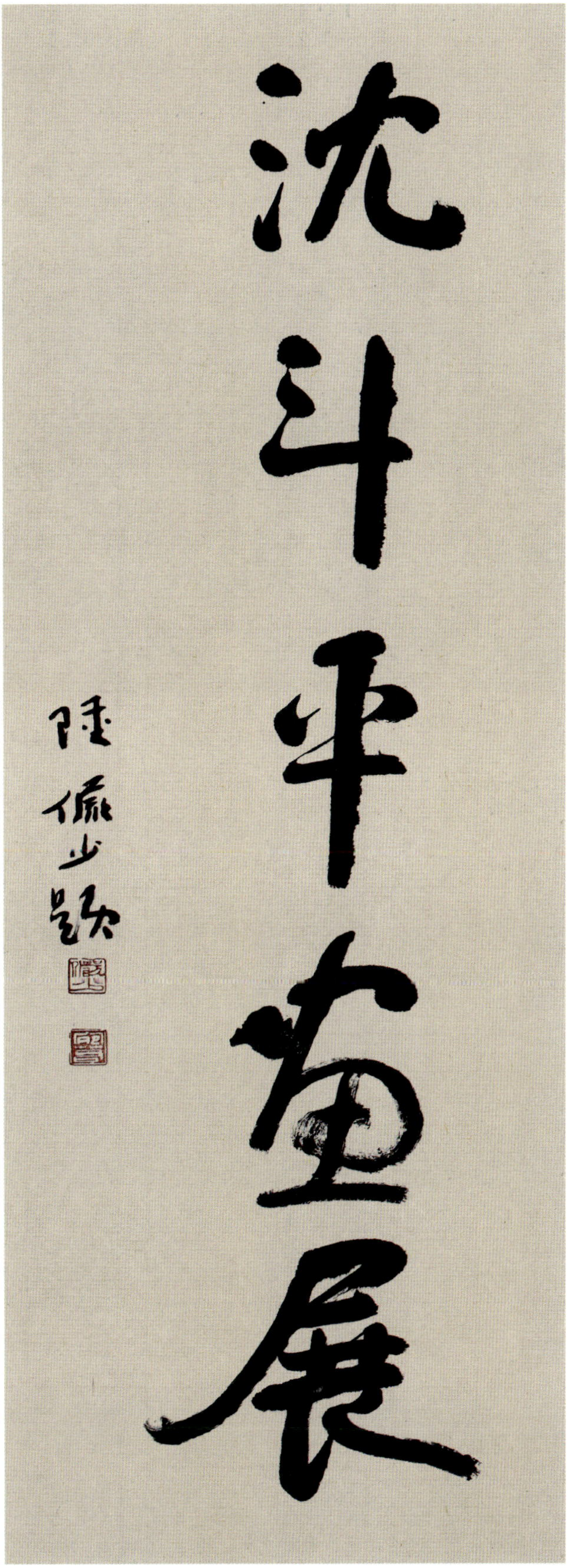

陆俨少题

2004 年与父母合影于福州画院

松林浩气育新雏
——写给我深爱的父亲

这段时间，为了编辑新的画册，时常翻看一些泛黄的老照片，欣赏大师名家的手迹珍品，回忆与各位前辈交往的点滴往事，梳理着自己成长的心路历程，发现对自己影响最大、最深的还是敬爱的父亲。他不仅教我作画，更教会我做人。“学艺求精、为人求诚、做事求全”，父亲的谆谆教诲，我一直铭记在心。

我的父亲沈锡纯，被誉为中国画坛“画虎大家”“诏安画派”第四代宗师。而在我的印象中，父亲不仅仅是一位画家，更是一位慈怀浩气的艺术家，他淡泊名利、刚正不阿，做人做事公正厚道。记得“文革”期间，父亲被戴上了“牛鬼蛇神”“历史反革命”“里通外国”三顶“帽子”，被清除出了教师队伍，完全失业，没有任何收入，全家生活陷入了极端困境，主要靠母亲做针线活维持生计。但在这样的窘境中，父亲忍辱负重，节俭持家，没有太多的抱怨，仍然坚持自己的理想和信念。尤其是 1970 年元月，被下放到武夷山区的崇安县星村公社红星大队长涧州生产队劳动（现在的武夷山市黄溪口村长涧洲自然村），父亲一边劳作，一边作画，经常到野外写生，与花木禽鸟昆虫及珍稀走兽为伴，深入清幽的山林，启迪天赋才华。这给儿时的我留下了深深的印象。我从父亲那里学到了真诚、善良，体会了什么叫坚持、毅力，也是那时开始画国画。因为经常跟着父亲上山下地，观察父亲写生作画，父亲握笔作画的样子以及笔下的老虎、梅花等作品给我留下了难以磨灭的记忆，在我心中埋下了艺术的种子。

农业学大寨　沈锡纯

松林浩气育新雏　沈锡纯

春晖　沈锡纯

我们家兄弟姐妹九人，算是大家庭了。父母亲用宽厚的肩膀，支撑着整个家庭，让我们尽量过上好生活，但对于子女的人生道路选择，他们没有太多干预，没有强求我们学习画画。记得父亲第一次问我是否想学画画，已是我小学四年级的时候。那时，我们刚从武夷山回到福州，一家老小 5 人都寄居在亲戚一间不足 12 平方米的小屋里。条件虽简陋，但父亲经常会邀请陈子奋、沈觐寿、潘主兰、周哲文等前辈到家做客，谈艺术、评画作。我就在旁边聆听，有时候听着就入迷了，觉得画画有很多道道的，也有广阔的空间。有一回，在画室里看到父亲正在画水仙花，就随口赞许说："画的很像，跟真的一样漂亮。"父亲放下手中的画笔，随即问道："你喜欢画画？来试试看。"父亲画了两片竹叶让我模仿，我看着父亲的眼神，大胆地拿起画笔，画了几片竹叶。他看后问道："想不想学画画？"这是父亲第一次问我是否要学画画，也是第一次问自己的子女是否要跟着学画画。父亲期许的眼神给了我鼓励，也让我找到了答案。我坚定地回答说：“只要您肯教，我就学！”父亲点点头，认真地说道：“画画是很艰苦的，要有耐心、恒心和毅力，要有持之以恒、坚持不懈的精神。”现在想来，父亲没有要求子女一定要学画画，原来他已深谙画画的艰辛与不易，懂得创作需要巨大的付出与努力。从那时起，我算是真正与画画结缘了。

跟父亲学画是从描摹开始的。每天下午我从福州三中放学回家，就在父亲的画室里看他画画，然后开始描摹，小鸟、蝴蝶、老虎、竹子、梅花等等，都认真描摹过。有了描摹的基础后，就开始临摹，这是我下课回家的必修课。我先临摹后，父亲再现场点评，并把我的画作与他的进行对比，找差距，为我讲解画作的基础知识，如构图、运笔、着色等。他说：画作有春夏秋冬之分，春天画牡丹、杜鹃、桃花，夏天画荷花，秋天就是芙蓉花、菊花，冬天属于梅花；每种花都有其象征意义，像“岁寒三友”都有着深刻的文化内涵和灵性；画画需要投入感情，仔细观察，认真领会，才能创作出有感染力的作品。

1999年与父母在人民大会堂画作后留影

八骏图　沈锡纯

我创作的第一张画，是一匹奔驰的骏马，奋蹄振鬣，勇往直前。父亲看完作品后，脸上洋溢着满意的笑容，说道："画得不错！"父亲的赞许和肯定，给了我很大鼓舞，成了我不断学习和前进的力量源泉。父亲经常邀请画家到家做客，谈论艺术，也常带我参加各种笔会，现场观看作画，聆听画师的指点。父亲一直鼓励我多学多问多看，多去拜访名师大家，要博采众长、兼收并蓄，还介绍我认识了很多书画界的名家，如钱松喦、谢稚柳、沙孟海、陆俨少、亚明等，让我登门拜访、恳求指点。这给了我很大的帮助，使我有机会与众多的名家近距离接触，聆听大家的当面指点。这也是父亲一直坚持和强调的"承传统、师造化，取前人之长处，汲生活之源泉，再经研磨、领悟，继而创作、标新"等画艺思想的真实写照。

水中情　沈斗平

2003 年与父母在福州鲤鱼洲国宾馆创作后合影

父亲不仅教我作画，还教我成为一个以书画为重的人。他常说：从艺之道最重要的是“妒忌之心不可有，妒力之心不可无”，“唯有一辈子踏踏实实画好自己的画”，“好画不用吹，差画再吹也好不了，艺术家不是吹出来的”……这些殷切教诲一直在耳边萦绕，也一直陪伴着我成长。记得我参加工作后不久，由于有更多的时间投入创作，也偶得佳作，时常在省内外报刊发表，算小有名气，变得有些浮躁。父亲见状，给了我严厉的批评，说：不能目光短浅、骄傲自满，艺术家最好的证明就是自身的功力和艺术水平。他要我多读书、多看画展、多听名师指教，要学得作画的真谛。

在省直机关书画协会成立之初，由于工作、为人处事得到了大家的认可，我被推荐担任会长。父亲知道后告诫我说：“这是同行对你的信任，不要辜负了大家。一个人不要爱慕虚荣、贪图表面，学艺要求精，为人应求诚，做事得求全。”这给了我很大的触动，成为我成长的座右铭，也是我艺术追求、为人处世的标准。

我深信，是因为父亲的非凡和卓越给我带来了好运，给我创造了好的成长环境。我有今天良好的生活和创业条件，要深深感激父亲从小对我的殷切教诲。过去、现在，还有将来，我以自己能出生在这样一个家庭而感到自豪和满足，这也应该是我一生的幸福和快乐。

我深深热爱我的父亲！

与父亲交流创作感想

春风　沈斗平

得好友来如对月
——与海派大师的交往轶事

谈及我的学画经历，不能不说起20世纪90年代初期与几位海派名家的结缘故事。那些往事成为我成长历程中的宝贵财富，不论是题材的选择、笔法墨法的运用，还是用色构图、整体布局，都有了海派大家的烙印。时至今日，回首往事，思绪万千，感触颇多。

说到海派大家，首先想起的就是长期担任上海画院院长的程十发先生。那时候，程老早已是成就斐然、享誉中外的艺术大家。我很早就耳闻程老的大名，一直想找机会去拜访他，但去了上海画院不下5次，均未能如愿。直到1990年的春天，结识了上海画院童衍方，从童先生那里得知了程老的住址。我慕名前往，来到了松江区中山路一幢高层住宅楼中程老的寓所。当时程老正准备出门，要带学生前往千岛湖写生。程老听说我是特地从福建来拜访的，就答应留点时间给我。进屋后，程老招呼我坐下，关切地询问了我的学画经历、工作情况。我有些忐忑地介绍情况——仰慕许久，想向程老当面讨教。于是我拿出两张自己的画作，一张是鹤，另一张是老虎，请他过目。程老仔细观看后说，画得不错，但在墨法方面应更讲究些，画花

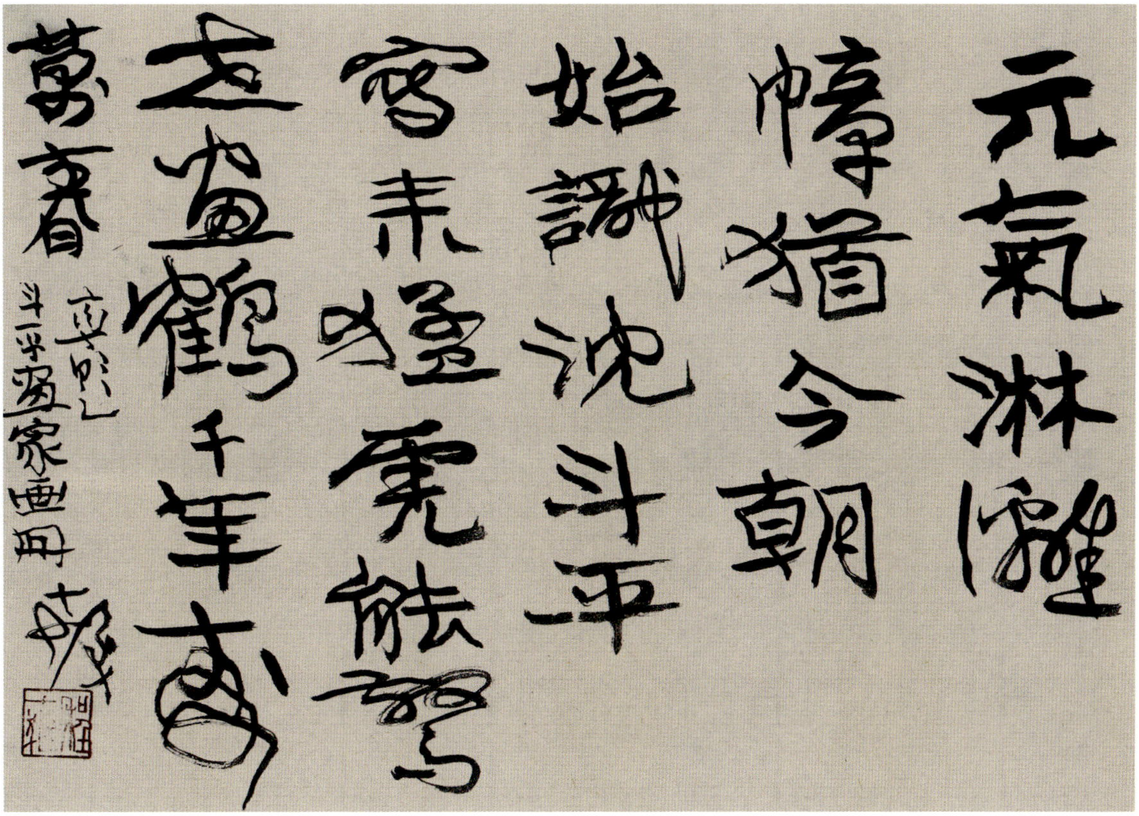

行书　程十发

与程十发先生合影于上海程老寓所

鸟可以更趋灵动些，色彩可以明艳些。他还在我带去的册页上挥笔写下了“元气淋漓，幛犹今朝，始识沈斗平写来猛虎能警世，画鹤千年寿万春”，并为我和仇寅兄画展题跋。那书法一气呵成，酣畅淋漓，让我敬佩不已。当时的我，能够当面聆听程老的指教，现场观摩程老创作，不胜荣幸；尤其在花鸟画方面对我的点拨，让我很有感悟。

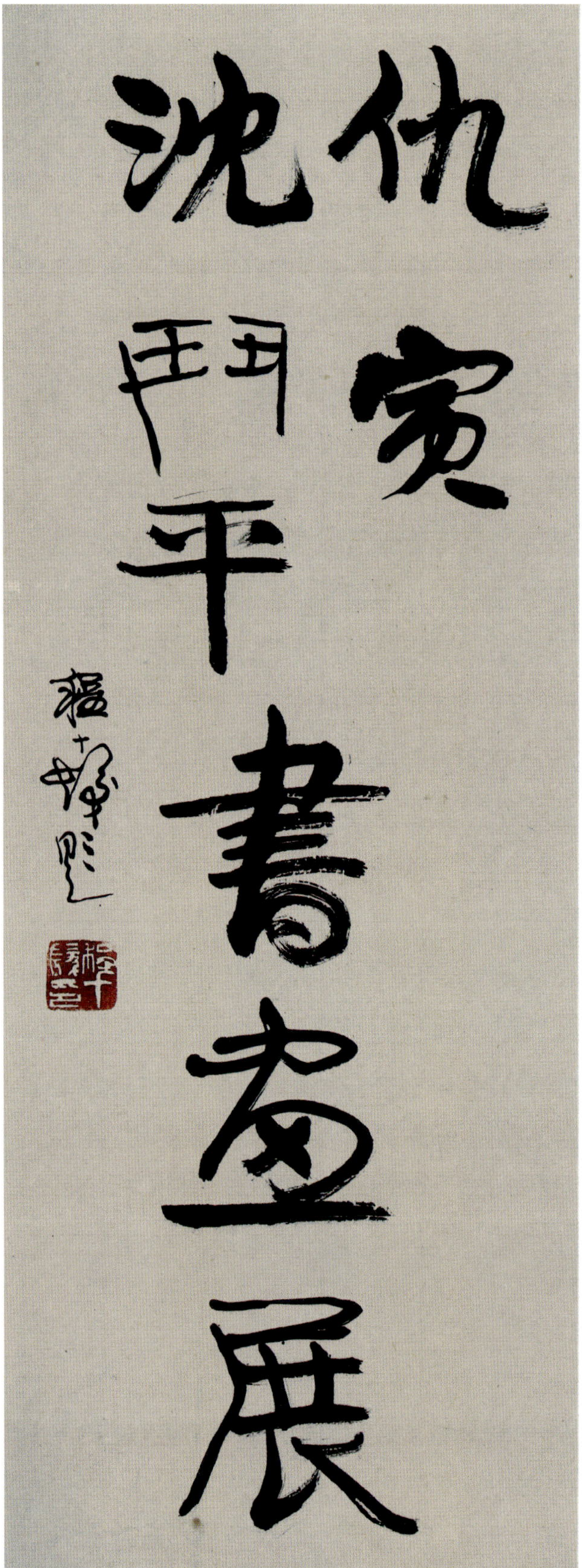

程十发题

我和海派的另一位大师级人物——谢稚柳先生，有着特殊的交往经历。我在上海办个人画展的时候，有缘认识了谢老的儿子谢定琦，听说谢老作为全国首屈一指的书画鉴定大家，正在全国各地的博物馆开展古代书画鉴定工作。我多次通过定琦兄打听谢老的消息，终于盼来了机会。那是1990年的冬天，听说谢老将在天津博物馆开展书画鉴定工作，为期半个多月。于是，我就抽空坐火车前往天津，好不容易才见到了谢老。那时一群年轻人正围着他，听他讲解书画鉴定的要点。我自报家门，谢老听说我这福建的小老乡专程去拜访他，很是乐意地接见了我。谢老说，经常听定琦说到我，也认识我父亲，和柔坚是好朋友。谢老简单地了解我的学习、工作、画画情况，我也向谢老说明了来意：一是想在北京办画展，特意请谢老题签；二是随身带来的梅花、竹子两幅画作，想请谢老指教。他仔细看过两幅画作后，赞许地说，梅花画得好，很有个性，足见功底，尤其是梅花的枝干，遒劲有力；就是枝干的节画得多点，在起笔落笔上，可以更大胆些，这样会有更大的突破，可以尝试双勾画梅花。他边说边拿出身边的一幅古画进行讲解评说，给我以及在场的人员评讲画作的精彩之处。不

谢稚柳先生为作者画展题匾

谢稚柳先生为福建省青年书画家协会题写会标

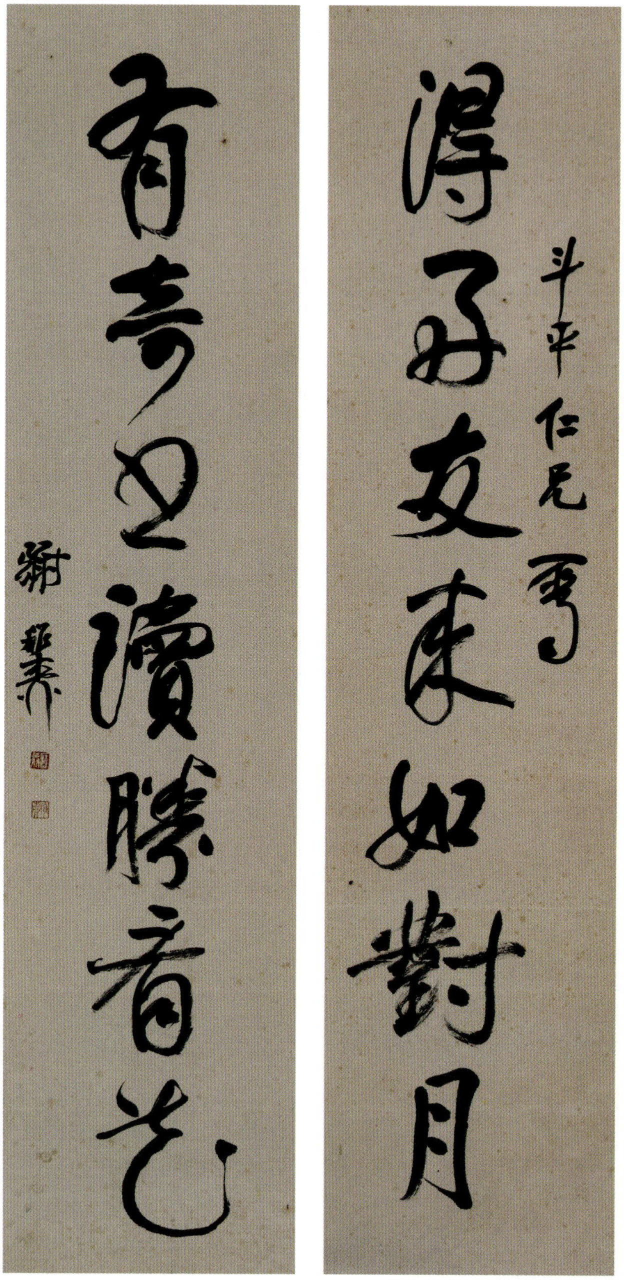

行书对联　谢稚柳

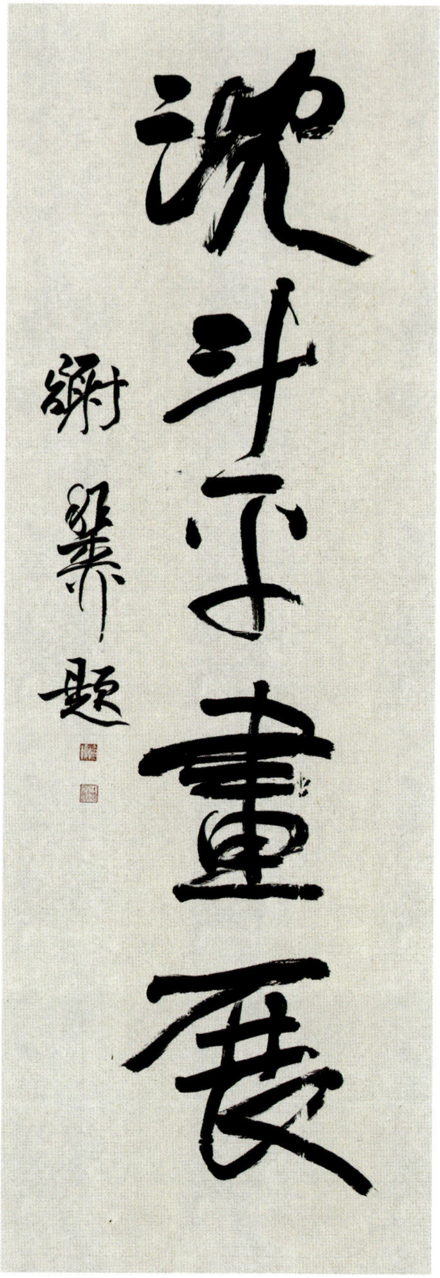

谢稚柳题

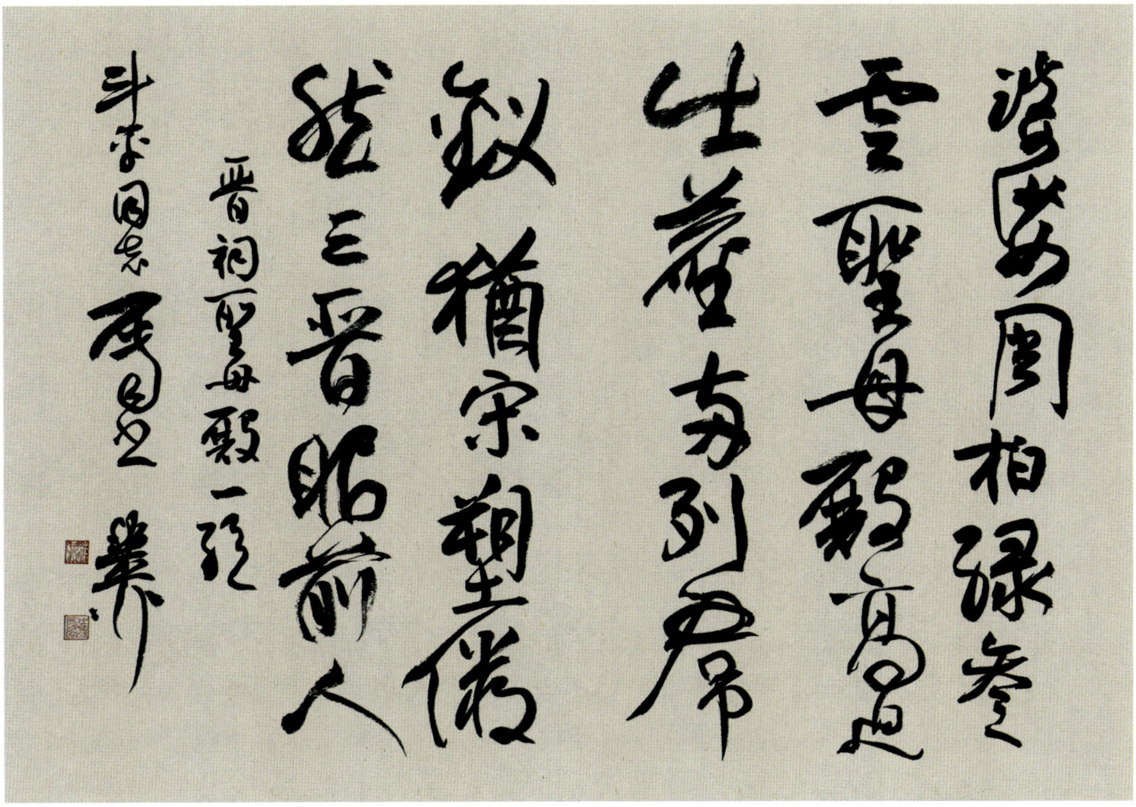

行书　谢稚柳

知不觉中，半个多小时过去了，谢老问起："你带纸来了吗？"我有些受宠若惊，赶忙取出事先准备好的六尺对开宣纸。谢老很率性地写下："沈斗平画展"。那书法得到了在场人的点头赞许，真是谢老兴到笔随、意在笔先的艺术水准。趁着谢老的兴奋劲，我恳请他留下墨宝。他欣然应允，提笔写了"得好友来如对月，有奇书读胜看花""婆娑周柏绿参云，圣母殿高迥出尘；前列群钗犹宋塑，俨然三晋眼前人"。见谢老一口气为我留下这么多真迹墨宝，现场的人员都羡慕不已。我如获至宝，感动于谢老把我当成了"好友"而欣喜若狂。后来才知道，晋祠圣母的那首诗，是谢老自己的佳作。有一回谢老去晋祠参观，一到圣母殿，即被殿中的圣母塑像所吸引。他指着塑像兴奋地对同行者说，你们看，塑像的脸部造型与当地妇女形象真是惟妙惟肖、栩栩如生。他当即吟诗一首，留下了晋祠圣母的那篇佳作。

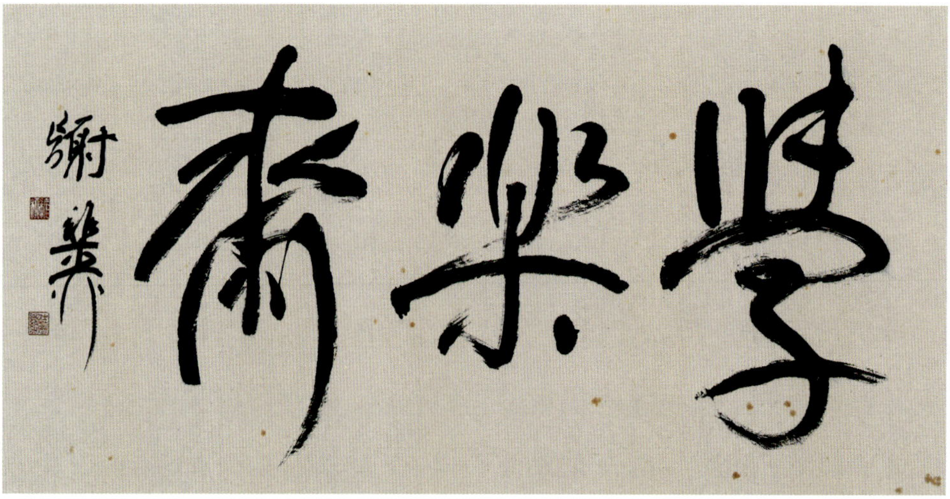

谢稚柳题

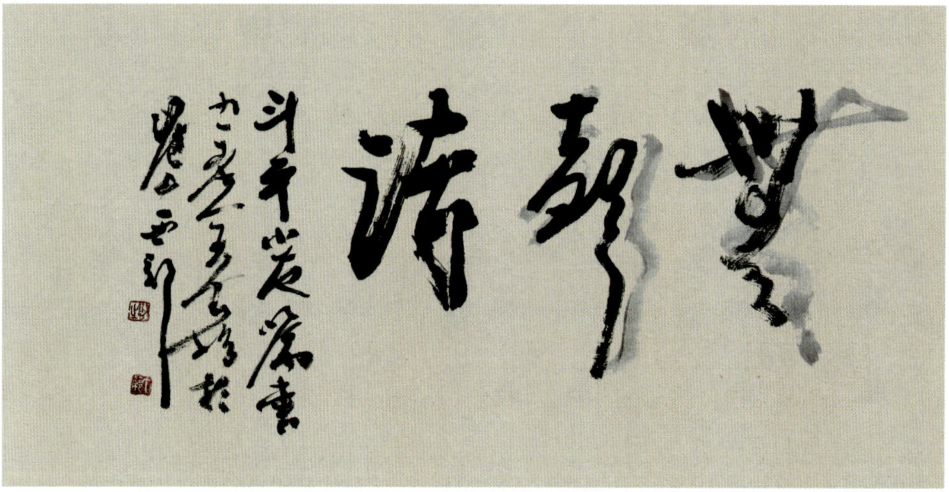

行书　王个簃

向谢老告辞的时候，他告诉我说，年后可能到福建博物馆整理古书画，有机会再见。次年的夏天，谢老真来福建了。得知消息后，我和香港大公报记者杨小洋、青年画家林禄在一同前往西湖宾馆拜访他。在酒店的房间中，我们向谢老讨教了书画知识。他毫无保留地讲授，为我们画作点评。当时，我的书斋还叫“习乐斋”，恳请谢老题写匾额。他欣然答应，提笔挥毫，写下了“学乐斋”，不知是自己的口误或比较重的口音让谢老听错了，还是他觉得“学乐斋”更好的缘故，“习乐斋”变成了“学乐斋”——以学习快乐为要旨，也符合书斋的本意。从此，我的书斋更名为“学乐斋”，谢老的墨宝也一直悬挂在书斋的正中间。

与王个簃先生合影于王老画室

海派画家中还有一位大家，那就是上海画院的老画家王个簃先生。王老擅长写意花卉，精于诗文，喜欢在画面上作题诗，一画既成，诗、书、画并茂天成。与王老的交往中，“无声诗”的往事，至今记忆深刻。1987 年的初秋季节，我专程前往上海拜访王老，在淮海路的一座普通公寓房找到他的寓所。那时王老已有九十高龄，但仍笔耕不辍，常有“声画”与“心画”之偶得。进屋后，发现居室不大，画室也很小，画桌上叠满了各类画纸。那时王老已是满头白发，穿着朴素的蓝色中山装，戴着半边框的眼镜，显得精神矍铄、和蔼可亲。我们围着王老坐下，虚心地向他请教了用笔、用墨、章法以及题款等内容，聊起了花卉的画画技巧、手法，还有诗、书、画的关系。王老耐心地给我们讲解其中的奥秘，还专门给我们讲了他擅长的藤本植物创作手法，分享他画画的乐趣，真是知无不言、言无不尽。听了王老的一席话，可谓胜读十年书。我拿出了自己创作的梅花图，请王老指正。他看了看画作，默默不说话，过了许久，拿出画笔，用浓墨在我的梅花图上补了几笔，在梅花的枝干上加了色彩，这时才抬头对着我说：“斗平，画得很好，梅花树很大，枝干要粗厚些，整个画面才会显

梅竹双清　沈斗平画　王个簃题

得协调。”看了看王老补笔后的梅花图，顿然觉得整个画面稳重、厚实多了，甚是惊叹王老的眼力、笔法和功力。王老提笔酝酿，信手所至，用淡墨写了“无声诗”三个大字，可能是觉得用淡墨不够厚重，又用浓墨再写一遍，形成了一幅很有特色的作品，还称我为“小友”，让我深感激动、万分荣幸。常言道：“诗中有画，画中有诗。”画本身就是无声的诗，画所含意蕴和内涵是作者心灵的声音、画中的灵魂，能得到王老“无声诗”的评价，这更是给我莫大的鼓舞和鞭策。

与唐云先生合影于上海唐老工作室

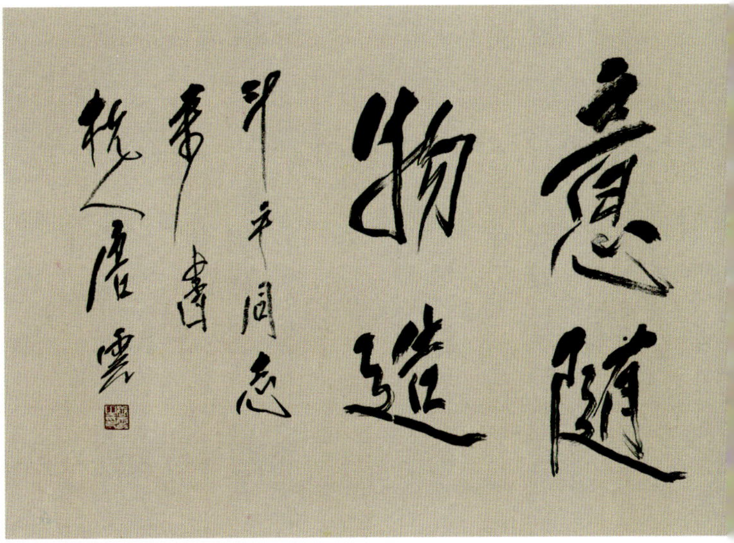

行书　唐云

海派大家中，我还求教过一位老师，那就是唐云先生。他的花鸟画、山水画笔墨厚重、超逸，在全国很有影响，若能得到他的指点，将受益匪浅。于是，我多次试图寻得机会拜访唐老，但均未能如愿，甚为遗憾。直到一次刚好到上海出差，闲暇之余便约了上海京剧院的周铭先生一同前往。唐老的家在上海近郊，是一幢两层小洋楼。午后时分，唐老正在喝茶，见有来客，便问道：“你们从哪里来的？”虽然一头银发，但他老人家身体健硕，说起话来也中气十足。我赶忙自报家门，说是专程从福州来求教的。他便直接领我们到他的画室。他对我带来的新作《墨竹图》评说到：“功力不错，就是有些传统了，竹叶太拘谨，墨色可以明快些。”我认真地聆听他的指点，用心体会其中的要领。

我结识的海派画家还有很多，如刘海粟、陆俨少、应野平等等。诸位大师名家，温和坦荡的长者风度，豁达磊落的大师襟怀有口皆碑，他们待人平易真诚，接受过他们指导的人不计其数，但他们从不以大师自居，对后学从无矜色。我有幸与诸多的大师名家相识、结缘，还能够现场观摩大师挥毫创作，当面请教知识，并与大师结下朴实深厚的情谊，这都是我人生的宝贵财富，激励我一路前行。

每托清风感故人
——与族兄沈柔坚的交往

谈起族兄沈柔坚先生，虽然他离开我们十多年了，但他的音容笑貌、与他交往的点滴往事，我依然牢记在心，从他身上我学到很多宝贵知识：他教我作画，更教我做人。

从我开始记事时起，就经常听父亲说起柔坚兄，讲他的传奇经历和故事：从小就跟父亲学画，学过中国画、西洋画；抗日战争爆发后，毅然参加新四军，在部队从事美术创作；新中国成立后，长期在上海从事文化和书画创作事业，是海上画派的杰出代表之一，是上海美术界近半个世纪的领军人物。在我幼小的心灵中，柔坚兄给了我很深的印象，他是我学习的楷模，也是受人敬仰的大画家。但他长期在上海，很少有机会谋面。

第一次见到柔坚兄，是在 1979 年的夏天。那时，他应福建省委领导的邀请，回闽参加学术交流活动，公务结束后特意到我家拜访父亲。当时，我们刚从武夷山回到福州不久，居住在西湖边上的一间小屋里，住房条件比较简陋。柔坚兄与父亲挤在客厅里回忆往事、探讨书画，相谈甚欢。

与柔坚兄嫂合影

我从他们的交流中听到了很多名字，巴金、冰心、启功、潘天寿、吴作人、李可染、刘海粟、程十发、谢稚柳、潘主兰、郑乃珖、沈觐寿、周哲文……有些名字早就如雷贯耳，都是大家仰慕的大师，也有一些陌生的名字，但知道这些人肯定都是书画界的大家。他们还谈到了老虎、梅花、竹子、荔枝等等的画法和技巧。交谈中，他总是面带微笑、和蔼可亲、谈吐有度，这是柔坚兄给我的第一印象。

父亲经常交代我们说，有机会到上海，要去柔坚兄家拜访做客。有了父亲的交代，有了族兄给我的深刻印象，我把到上海拜访柔坚兄一事，经常挂在心上。1982 年春节前夕，已经在福州市税务局工作的我恰好有出差上海机会，就特意带上了漳州水仙花，准备公务结束后去拜访柔坚兄。我按照父亲给的地址，找到了华山路的枕流公寓。听说那是上海的文化名人楼，住的都是上海文化界的名人。柔坚兄就住在公寓的六楼。我轻轻敲了敲他家的门，出来开门的是嫂嫂王慕兰女士。当我带着浓重的闽南口音自报家门后，嫂嫂往屋内说道：“福州沈锡纯老师的孩子来找你！”那时柔坚兄正在创作，听说我来了，立刻放下笔起身到门

慈爱　沈柔坚

口来，对我说：“是斗平啊，赶紧进屋来！”进屋后，他关切地问起我父母亲的近况，又问起我的工作学习情况，还向我打听诏安老家的一些人和事，言语之中充满了浓浓的家乡情怀。

柔坚兄带我参观了一下他的寓所，屋子面积不大，客厅兼做画室，靠墙摆放着一张很大的书桌，桌上摆满了各式各样的画笔，墙上挂着一张齐白石的水墨虾图，还有一幅《枝头小鸟》，整个房间充满了艺术气息。我进屋时，柔坚兄正在创作一幅荔枝图，一串串红艳艳的荔枝让人有垂涎欲滴的感觉，荔枝树下的两只雄鸡正在觅食，生趣盎然。他见我仔细欣赏画作，就关切地问道：“你现在也画画吗？”我回答说，小的时候就跟父亲写生、临摹，现在开始画梅花、竹子。他见我对画画挺感兴趣的，就跟我讲起画荔枝的故事。他说自己从小离开家乡，时常会想起故乡的水果，尤其是荔枝，每每遇到荔枝，都会细心观察，仔细品会，因为荔枝寄托了乡思乡情。他又说：“画画要做到形神兼备，要‘笔墨当随时代’，读万卷书，行万里路。你来试试，画张给我看看。”说完，他拿出新裁好的纸，铺在书桌上让我画画。我有些胆怯，生怕出丑，柔坚兄给了我鼓励的微笑，我斗胆拿起画笔，画出了竹子的枝干、竹叶。他在旁一边看一边说道：你用笔、运笔的动作、着墨落笔的姿势以及悬腕画画的功力，都很好，枝干遒劲有力，画得不错！要好好跟父亲学习，练好基本功，多拜访一些老画家，兼收并蓄，融汇各家之长，才能独具风格，这样会有很大的进步。在上海，有机会要去求教应野平、谢稚柳等大家；去杭州，要去拜访沙孟海、王伯敏、李震坚等名家；去北京，要到冰心、启功等泰斗大家寻聆听指教……柔坚兄说了好多我仰慕已久的名家大师，为我指明了努力的方向，让我陡然间心路开阔了，前行的路更明确了。我们两人相谈甚欢，他还为我题写了“笔墨当随时代”相赠。不知不觉到了晚饭时间，在柔坚兄家用了晚餐，我才依依不舍离开他家。

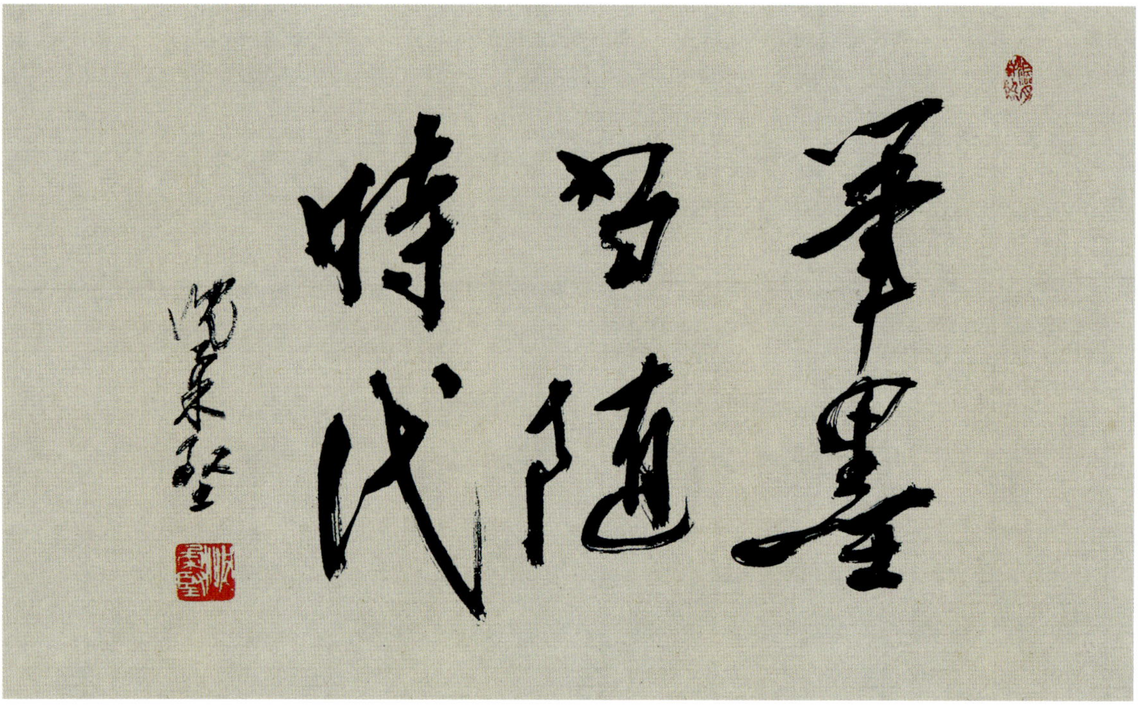

行书　沈柔坚

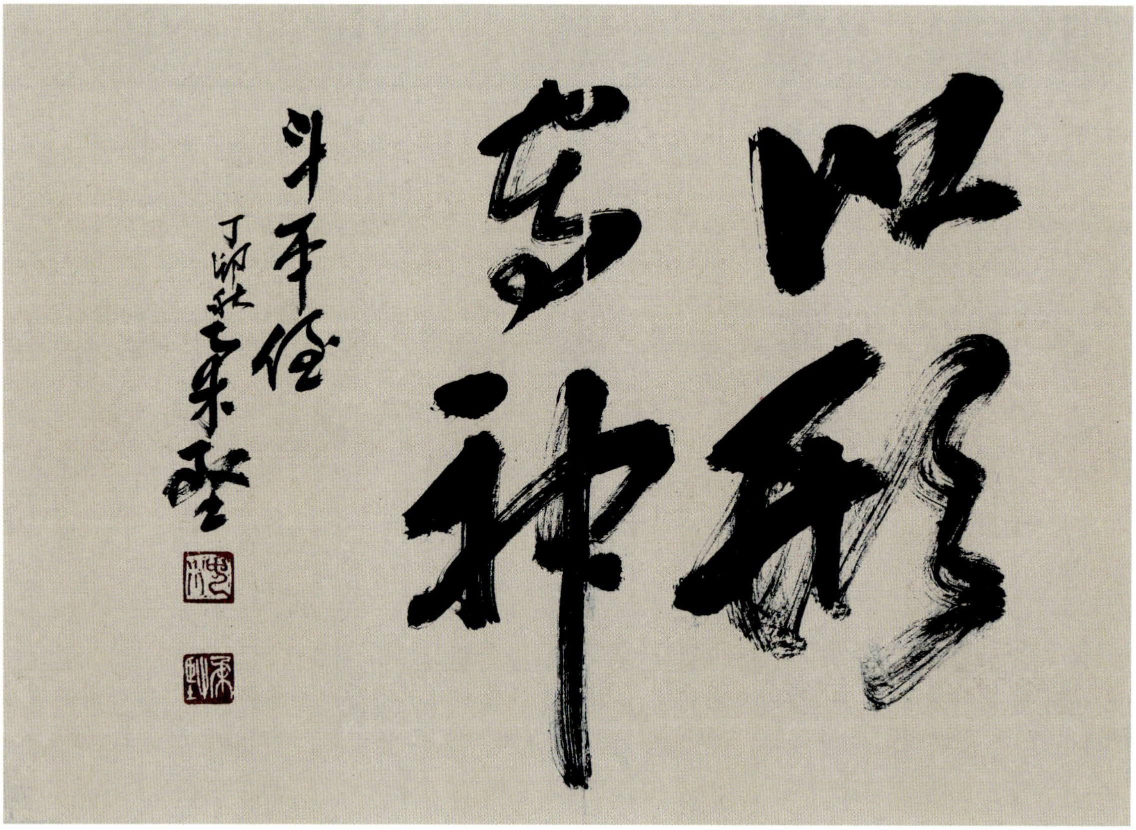

行书　沈柔坚

从那以后，我与柔坚兄一直保持着书信来往，经常向他请教书画的知识、技巧，汇报心得体会，有时还把新作寄上，请他指正。他及时给我回信，教我如何作画，教我如何做人。在我新婚时候，他还给我寄来了他的画作，我视这幅画为珍贵的礼物，一直珍藏着。

时间在流逝，第二次拜访柔坚兄时已是1987年的秋天。那时，我正筹备在杭州西泠印社举办首次个人画展，也为了福建省直机关青年书画家协会的成立事宜奔波。恰巧两件事都想听听他的意见和建议，就专程前往上海再次拜访。当时他家有不少客人，见到我来了，亲切地用诏安话跟我说，让我先坐一下，他忙好再过来。只见他在画室里对着一些作品在比画着，像是探讨画作的编辑出版，周边的人都认真地听他说，偶尔插话几句。客人走后，柔坚兄招呼我到画室，详细地询问我工作、学习、创作的情况。当我说明了此行来意后，他爽快地答应，挥笔写下“沈斗平、许介川、郭辉画展”，并赠送我“以形写神”题词，并对青年书画家协会的运作、发展提了不少有见地的意见。

时隔两年，那是1989年的初秋季节，我再一次到访柔

沈柔坚为福建省青年书画家协会题写会标

坚兄家。这一次是专程为年后在上海南京路“朵云轩”的个人画展而去的。我觉得此事重大，他是上海文化界、书画界的名人，得好好征求他的意见，听听他的想法和建议。我和海关同事姚德雄先生一同前往柔坚兄家，向他汇报了个人画展的一些初步设想。他听后，不断点头赞许，说：“这想法很好，上海是很好的学习交流平台，要好好准备，需要帮助的地方尽管说。”我就毫不客气地请他题写画词。他潇洒地写下“外师造化，中得心源”八个大字，并与我们合影留念。那次画展上，柔坚兄出面帮忙邀请了很多大家到场指导，为个人的画展增添了无限光彩，画展的成功举办，他功不可没。

后来几年，我多次到上海专程去拜访柔坚兄，当面请教书画知识，请他评点新作，他也为我引荐了很多名师大家，让我有机会得到诸多大师面对面的指点和评析，给我很大的帮助和影响。“做人要实诚，但是画画不要老实，画画就该想尽各种办法去画好”，“外师造化，中得心源”等谆谆教诲，今天依然牢记在心。我能有今天的艺术收获，离不开柔坚兄的悉心指导和拳拳关爱，离不开他的鼎力支持和鞭策鼓舞。

2013年与沈柔坚夫人王慕兰合影

西望长安路几千
——与长安画派大家的交往

20世纪50年代末至60年代上半叶，活跃在陕西省西安市的一群画家，以独特的绘画艺术理念，通过表现黄土高原古朴倔强的山水画和勤劳淳朴陕北农民形象的人物画，形成了独特的绘画形式，在中国画坛引起轰动。因西安旧称长安，大家称之为“长安画派”。其主要创始人为石鲁、赵望云，领军人物当属黄胄，代表画家有何海霞、刘文西、苗重安等人。我有幸在诸多大师有生之年得到他们的指点，并获赠他们的手笔真迹；如今多数大师都驾鹤西去，唯有梳理记忆中的点滴往事，以志缅怀。

黄胄先生，艺术道路上遵循“生活是创作的唯一源泉”，足迹遍布祖国边疆、海岛、高原、牧区，勤奋作画上万幅，人物、动物、山水、花鸟无所不精，作品多描绘西北，钟情于陕北黄土高原的山山水水。我第一次见到他的画作，是在原福建省委书记项南家。那画作线条粗犷、遒劲，布局气势磅礴，笔墨淋漓尽致，令人赞叹不已。通过项南书记的引荐，我有幸结识了黄胄先生，后来利用在北京公出的机会专程拜访他。他个子很高，满头白发，不修边幅，给人一种豪爽而不拘一格的感觉。见到仰慕已久的大师，我心里甚是激动。我向他请教书画知识，他谦和地说：“我没有受过专业美术训练，主要靠师承，更主要的是靠来自生活细致入微的观察和体验。”“我们作画

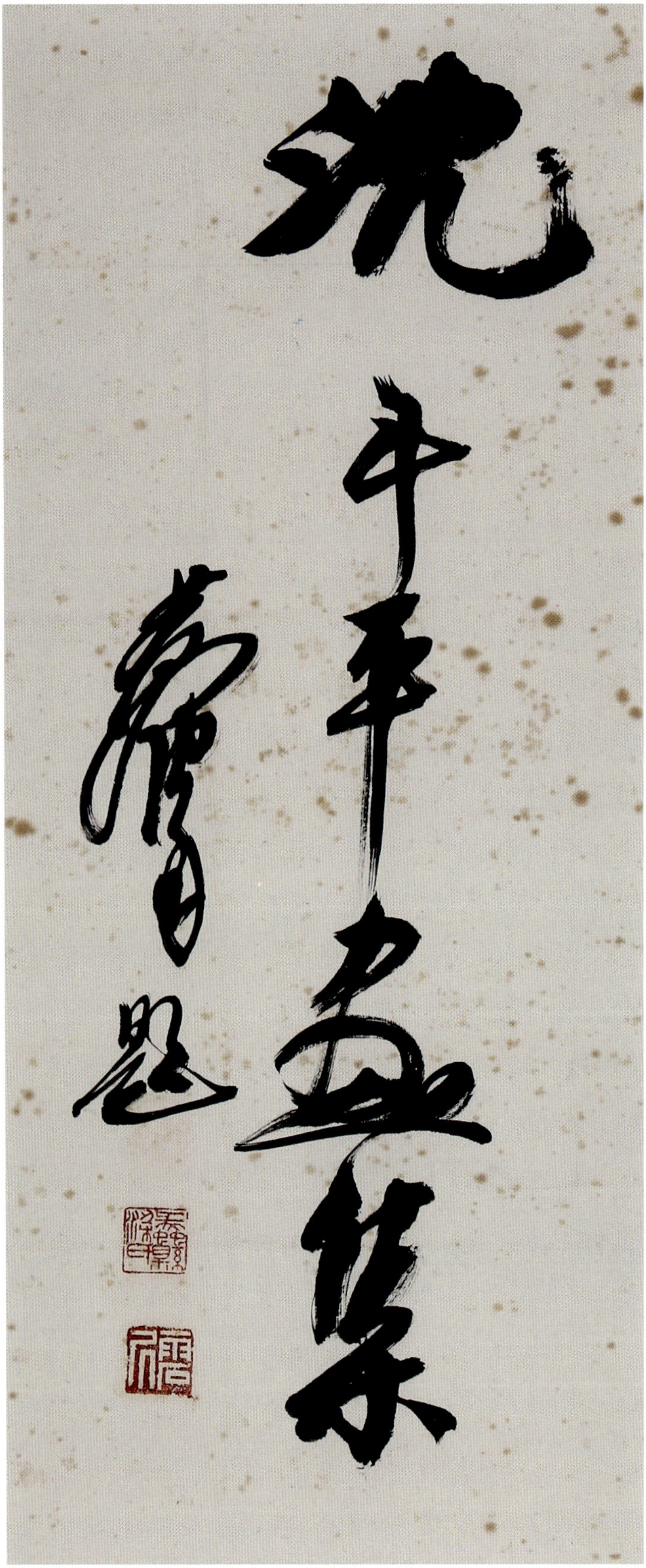

的每一笔，你捕捉的对象都是明确的，是有根据的，你都有追求，追求自己看到的生活物象的美。生活的美反映在你的脑子里，通过你的手刻画在纸上与观众交流。”交谈之际，见我带着画册，就让我拿给他看看。先生翻看了画册，对我的画作表现出了浓厚的兴趣，尤其对几幅描绘武夷山水的写意画，更是赞叹有加，还欣然为我的画册题写书名，留下了珍贵的墨宝。

黄胄题

何海霞先生当属长安画派的又一重量级人物，他擅长山水画，在继承传统的基础上，饱游沃看，师法自然。西北地区的自然景观给了他很多灵感，使他创作了很多精致作品。与何老的几次交往，我至今印象深刻。第一次拜访何老是我在书画上刚起步的时候。他面授了我很多国画的理论和艺术实践知识，给了我很多的点拨，还题写了“努力崇明德，随时爱景光”和“剑胆琴心”的勉语赠送我。

与何海霞先生合影于北京何老寓所

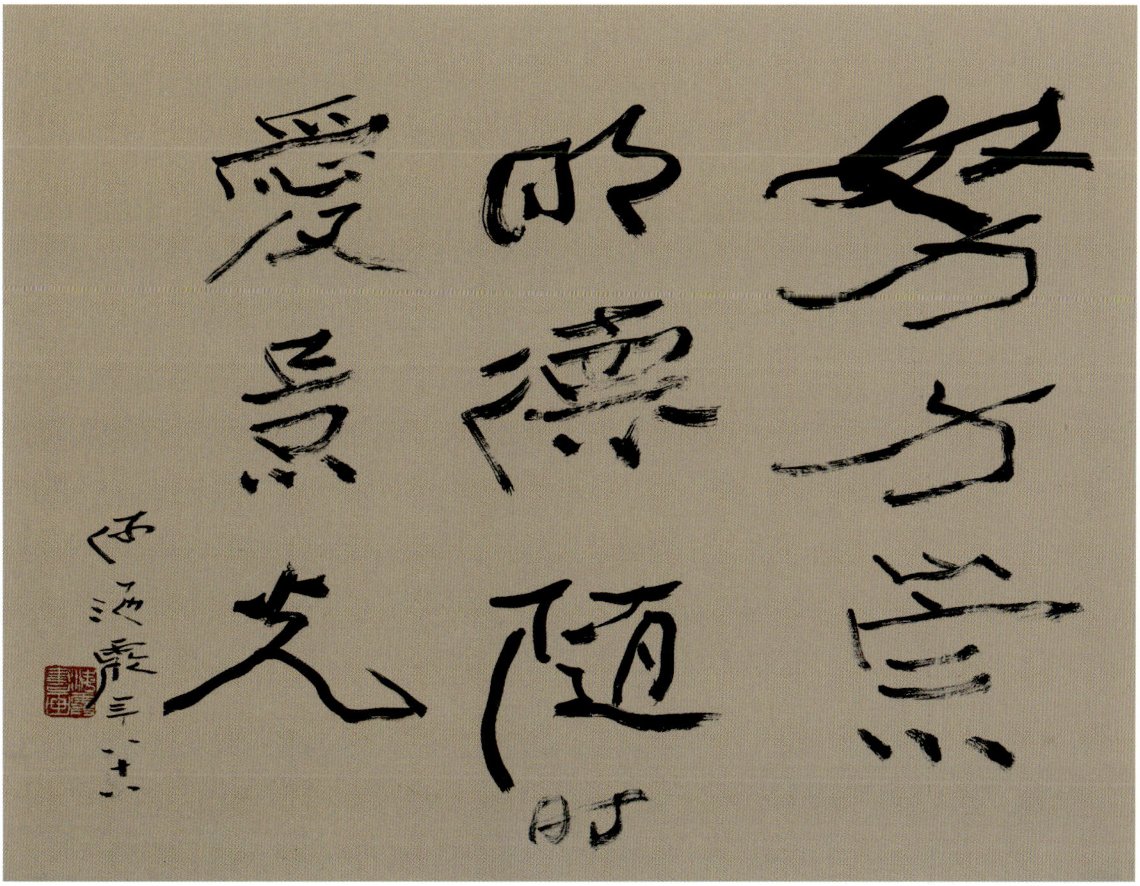

行书　何海霞

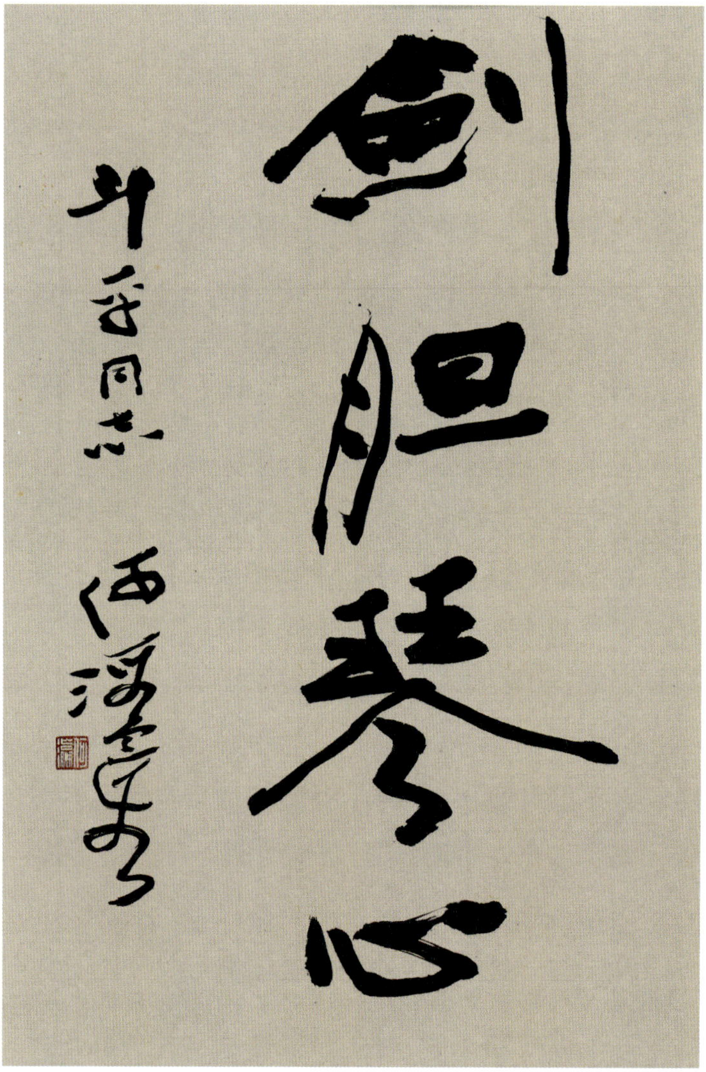

行书　何海霞

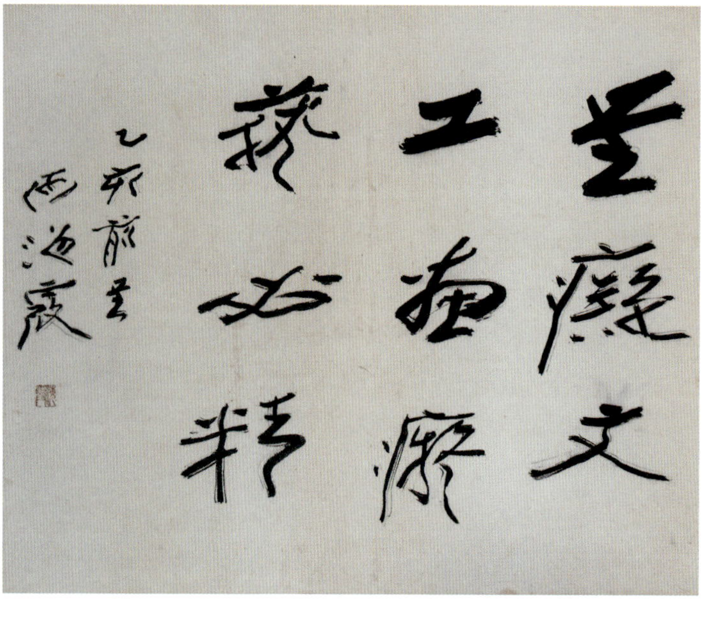

行书　何海霞

盈然生晖　何海霞、田世光、孙其峰、郑乃珖、沈锡纯、高冠华合作　68×163cm

第二次见到何老，我看到了他现场作画。那时田世光、孙其峰、郑乃珖、高冠华等先生和父亲等人一起创作了《盈然生晖》的画作，特意请何老补笔。八十多岁的何老把画铺在地板上，凝视画作许久，拿起笔悬腕在画作的左侧留白处画了梅花的枝干，梅枝老辣苍劲、梅花不屈不挠的风骨顿时跃然纸上。简单的几笔，让整个画面顿觉饱满，足见何老的功力。

清平吉利

春韵　齐良迟、冯今松、沈锡纯、刘文西、江文堪、沈福文、高翔、沈柔坚、华奥等合作　66×160cm

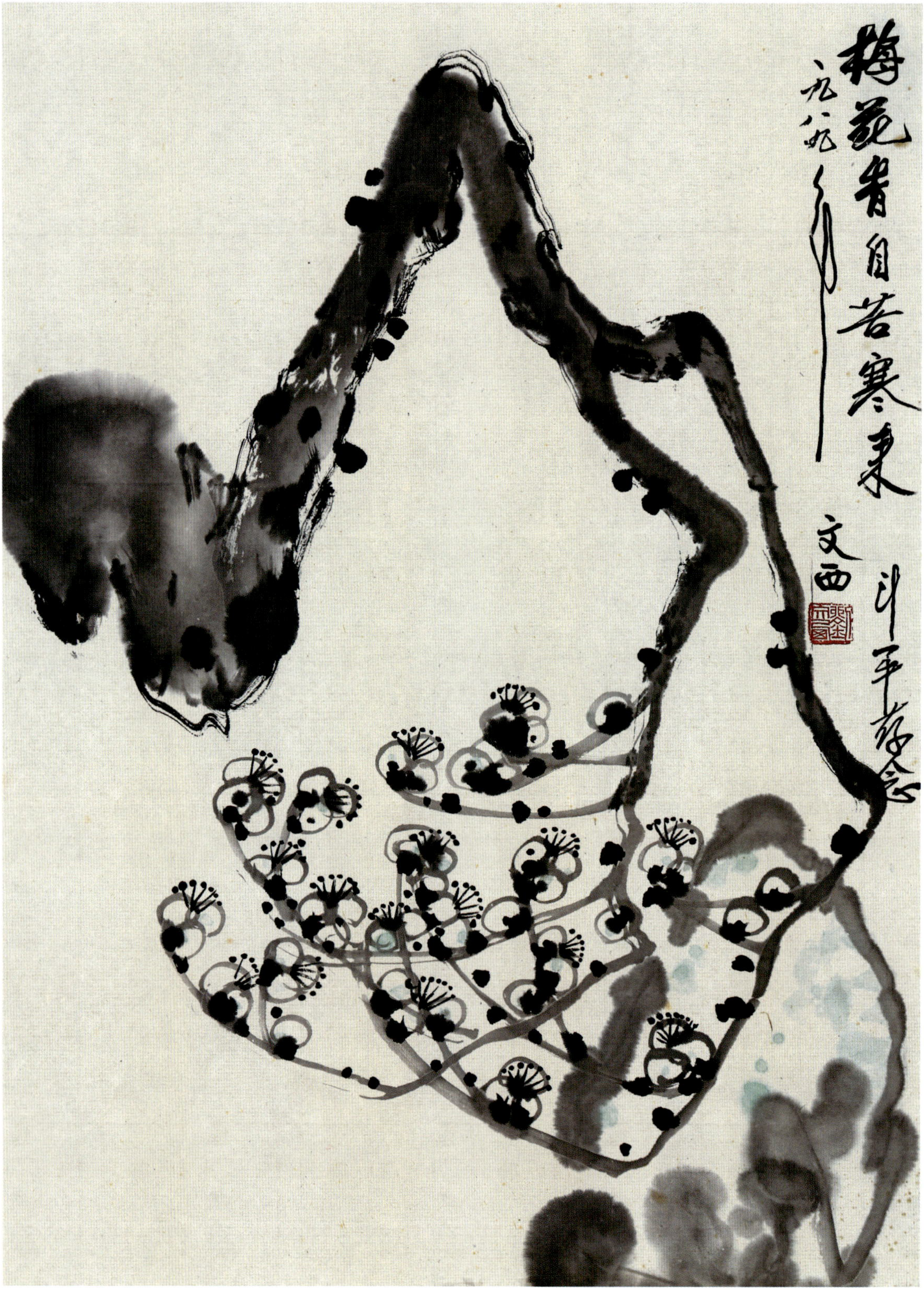

梅花香自苦寒来　刘文西

西安美术学院院长刘文西、陕西省画院院长苗重安都是长安画派的重要人物，不讲名利，特别关爱年轻人，给了我很多的鼓励和鞭策。与刘文西院长两次交谈，我们在谈及画梅花的心得时候，他即兴提笔，简单几笔勾勒了梅花图，与我互相交流。一次与苗院长的交流探讨中，苗院长兴致极高，提按转折之间，一幅扬帆远行的画作跃然纸上，给人无限的遐想。

山水　苗重安

相逢总在梅开时
——与沈鹏先生的交往

提起沈鹏的名字，心中油然而生敬仰之情。这位大师是当今书法界的领军人物之一，是我从小敬佩的前辈，与他交往的点点滴滴我都记在心头，难以忘怀。

第一次看到沈老的名字，是在父亲的书斋，斋名“画室”两个大字就是沈鹏先生题写的。父亲与沈老交往许久，经常对我们提起沈老的大名。从父亲的言语和谈吐的神情中，我们深深感受到父亲对比自己年轻不少的沈鹏先生敬佩有加，对其艺术水准、做人处事也是赞叹不已的。他嘱咐我们有机会要去拜访沈老。缘于此，沈老的大名如雷贯耳，我时刻惦记着找机会去拜访他。由于没有事先约好，我前两次前往拜访均未能如愿，但结识了沈老的助手祁旺先生。我们俩年纪相仿，交谈了一些书画话题，相谈甚欢，十分投缘。

第一次见到沈老是在1993年的冬天。我通过和祁旺先生联系，知悉沈老在家，并约好了时间登门拜访。在祁旺先生的帮助下，我终于见到了仰慕已久的书法大师，心里

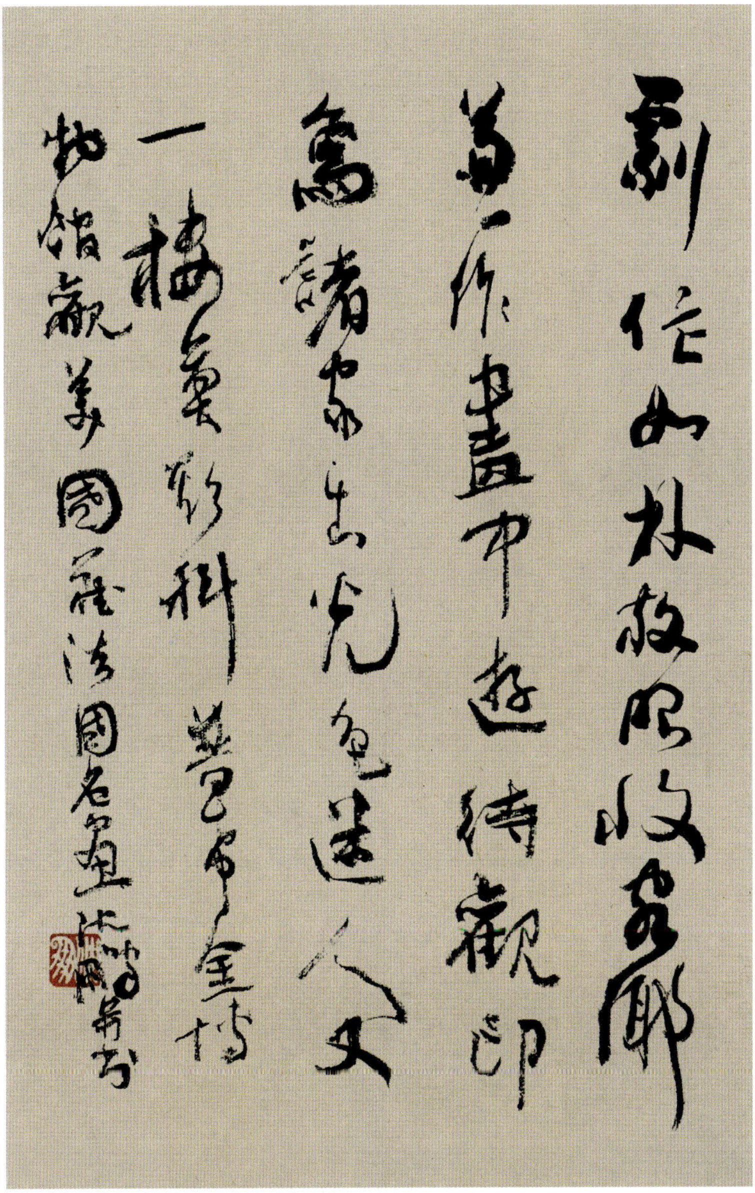

行书　沈鹏

激动不已。沈老满头白发，戴着一副老花镜，和蔼可亲，给人平易近人的感觉。祁旺先生向沈老介绍了我，还说我已经是第三次登门拜访了。沈老说道：“我们同姓，算是本家了。斗平这个名字取得好，笔画简单，容易记啊。诏安是书画之乡，出了很多书画家，你父亲、沈柔坚等人就是杰出的代表。”我向沈老请教书法知识，他深情地说道：“书画同源，画画写字有很多相通的地方，要多读、多看、多学，汲取各家之长，形成自己的独特风格。”我们交谈了一个

与沈鹏先生合影于中国美术馆“沈锡纯九秩”画展

多小时，在这短暂的时间里，沈老的一席话，让我受益匪浅，感触颇多。沈老还对我带去的画册、新作给予指导点评，为我的册页题字，在册页倒数第二页留下了弥足珍贵的墨宝。

再次见到沈老是我在中国美术馆办画展的时候。我通过祁旺先生，盛情邀请沈老拨冗参加画展的开幕式，他爽快答应了。画展开幕的当天，沈老准时到场为我的画展剪彩，还入馆仔细地观看展出的每幅作品，边看边跟我说:“你进步很大，有自己的风格，尤其是梅花画得好，枝干挺拔有力，梅花疏密有致，栩栩如生。”沈老的莅临，给画展的成功举办增添了分量，他对画作的肯定给了我莫大的鼓舞和激励。

1999年11月，父亲在中国美术馆举办“沈锡纯九秩画展”。沈老得知消息后，亲自到美术馆观看画展。他不断地向在场的书画界同仁、学生介绍父亲的艺术成就和个人风格，为整个画展增色不少。在人群中，沈老认出了我，当着父亲和在场诸多人的面表扬我，说我书画功力好，有自己的风格，为人处事有涵养，将来必有广阔的天地。参展之余，我邀沈老和原全国人大常委会副委员长廖汉生、原空军副司令员何庭一将军一同合影。这是我与沈老的第三次相会。

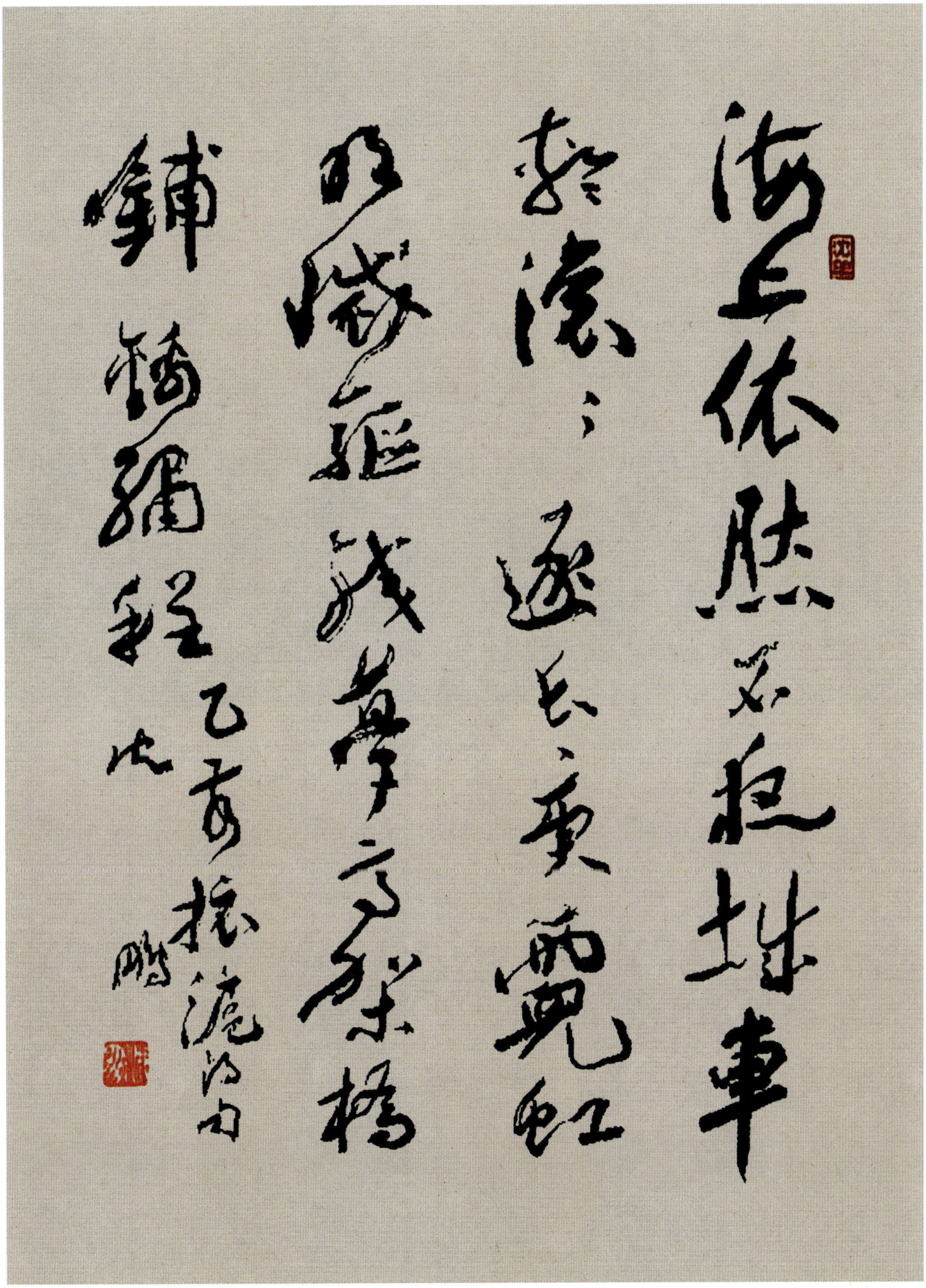

行书　沈鹏

高标逸韵君知否
——忆刘开渠老师

原中国美术家协会副主席刘开渠老师，是我国现代雕塑事业的奠基人，领导了《人民英雄纪念碑》的浮雕创作工作。刘老还是著名的美术教育家，中央工艺美术学院的创始人，一生在美术界育人无数，桃李满天下。对这样一位艺术大家，我从小就非常仰慕，没想到竟然有幸与他三次见面。这三次见面的经历，使我受益良多，实在是我一生宝贵的财富。

第一次见面是在 1988 年。那年我正参与创办福建省直机关青年书画家协会，在创办的过程中，所有参与创办者渐渐达成共识：如果能得到刘老的题词，那一定会让这个青年书画家协会在成立之初就得到更多的认可。当时我年轻气盛，初生牛犊不怕虎，就想通过自己的努力实现大家的期望，于是前往上海找到族兄沈柔坚。柔坚兄听了事情缘由后，立即问我："刘老在美术界那么高的成就和地位，你想找就找啊？"看到我不说话，他又笑了："但刘老一向乐于提携后进，你还是可以去试试。"于是他帮我写了一封引荐信，并帮我问到了刘老的住址。我就拿着这封引荐信到北京去拜访刘老。他住在北京胡同的一个四合院里。见到他的时候，时值盛夏，刘老穿着背心和一条休闲裤，正坐在沙发上看书。因为心里还是有点不安，所以我一进去便赶紧自报家门。刘老听说我来自福建，又是沈柔坚的亲戚，非常热心，马上站起来招呼我“请坐”，让我坐在他对面，随和地跟我聊起来。他先是一一问了我的年龄、爱好、工作情况，问得非常详细又很自然。在与刘老的一问一答之间，我的心情也不知不觉放松下来。我拿出我的第一本画册，请刘老指点。刘老双手接过，认真地、一页一页地细细翻看。当他翻到我的竹子和梅花时，连声叫好说：“这个好！你的梅花画得非常有自己的个性，墨韵好，笔气也强，花的呼应很恰当，看得出你功底很好。你要好好学、好好画，今后的潜力很大！”

看完画册，我已经彻底放松，于是就把来意对刘老说了。刘老非常谦虚，说他主要是搞雕塑的，书法写不好。虽然如此，他还是拿起笔写下了“高风逸思”和“闽海春色”，以祝贺福建省直机关青年书画协会成立。当时我开心得不知说什么好，还是刘老主动又和我聊了几句。一晃一个多小时就过去了，由于怕影响刘老休息，我便向刘老道别，带着他的墨宝依依不舍地离去。

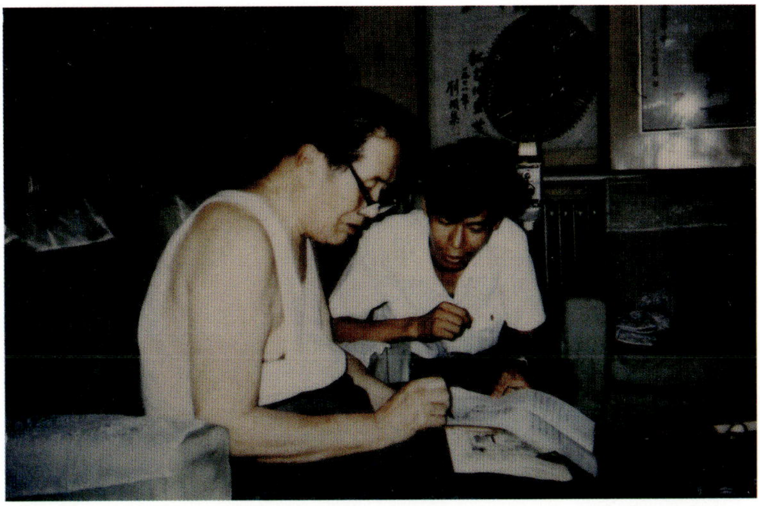
刘开渠先生为作者画册作序

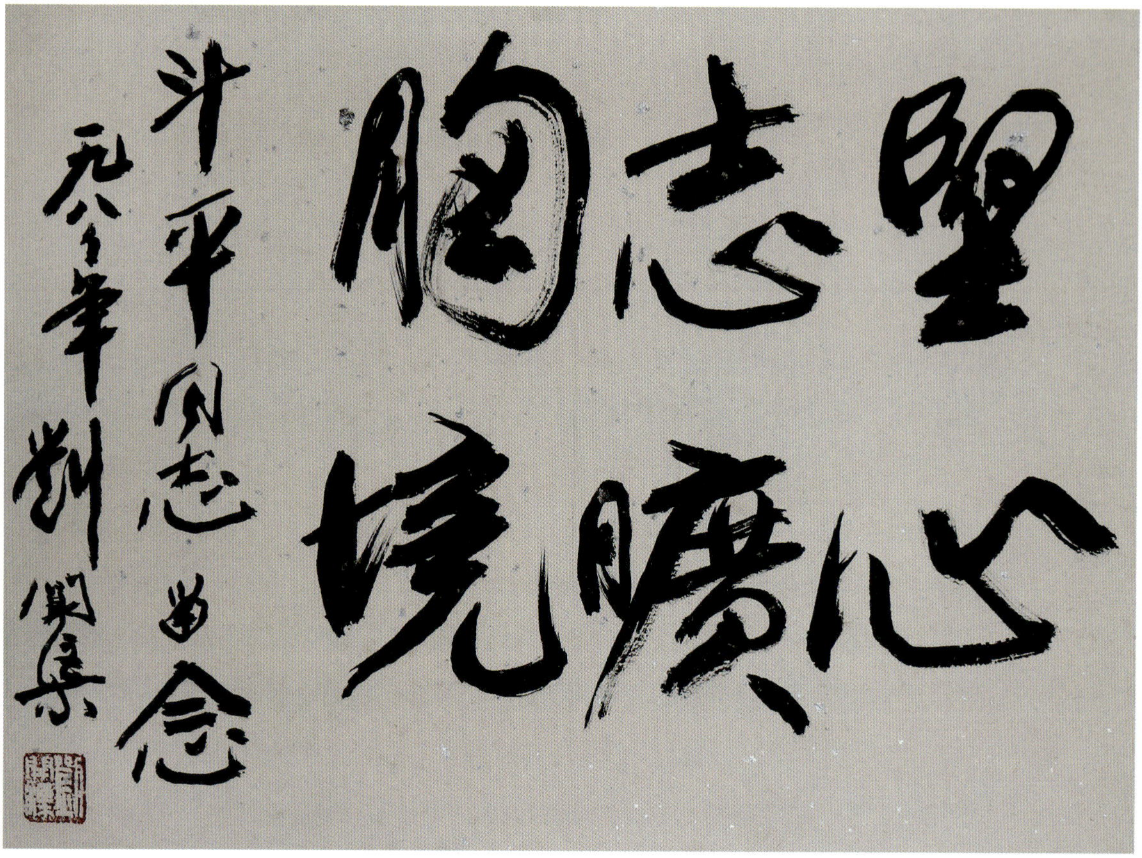

行书　刘开渠

第二次见面则在时隔四年之后的 1992 年，我在中国美术馆举办个人画展时。想起刘老之前对我的帮助，我又前往刘老家中。当时刘老已近九十高龄，但头脑非常清醒。我说明了来意，说要办画展，非常想请他出席。刘老看了我的新作品后，一脸认真地说，如果时间恰当，没有冲突，他一定去。画展开幕的那天下午他就拄着拐杖来看我的画展了。他认真细致地看我的作品，一边看一边对我说：“你要多画点福建的风土人情。”又说：“武夷山非常好，你将来画山水时要多画点武夷山的山水。”在将近一个小时的参观过程中，他很认真地在我的每幅作品前停留许久。特别是在一张百鹤图前，那正是此前由启功先生题字的作品，他说：“你不简单，不简单！启老能给你题这个书法是对你的一种鼓励，对你的肯定，你要继续努力！”之后他又问了我一些柔坚兄的情况。

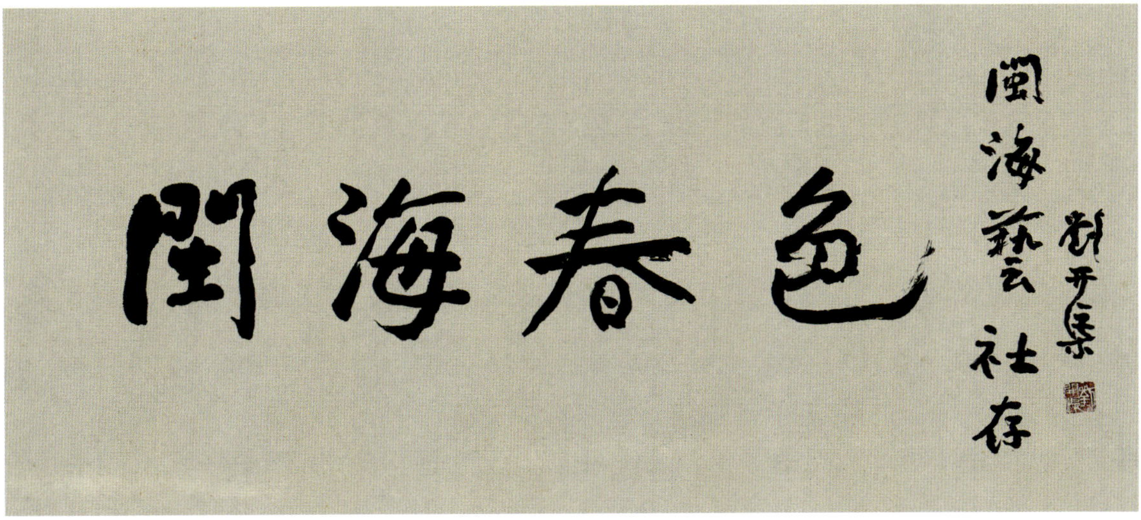

行书　刘开渠

最后一次见刘老是 1993 年了。那次我受福建省扶助残疾人促进会之托，和全国政协委员王命兴先生一起拜访了刘老，想邀请他当顾问。刘老非常干脆，一听说是慈善事业，立即表示非常愿意担任顾问，并提笔写了一幅书法送给促进会。随后的交谈中，刘老再次鼓励我好好努力，创作出更好的作品。当天中午，刘老还和我们一起到北京的台湾饭店用餐。席间，刘老谈笑风生，一点都不像近九十高龄的老人家。看到他身体健康、状态很好，我心里非常高兴。没想到，那次见面后不久，就从报上得知刘老以九十的高龄走了。看到消息的时候，真的如晴天霹雳一样，我的心情非常难受。我呆呆地坐在沙发上，一直不相信刘老真的走了，和刘老几次见面的场景如放电影一样，一幕幕地在脑海里出现。此后的二十多年来，我经常不由自主地回想起这些场景，刘老对我的鼓励也一直帮助我在美术这条道路上一路前行。

与刘开渠先生及其夫人在北京合影

春风化雨润无声
——记中国美术学院的教授们

中国美术学院作为一所学科、专业齐全的综合性重点美术学院，秉承着“兼收并蓄”和“传统出新”的思想，聚集和培养了众多杰出艺术人才，如林风眠、潘天寿、刘开渠、李苦禅、李可染……一代代的艺术大师犹如熠熠群星，照亮了中国现代美术史的天空；他们呕心沥血，筚路蓝缕，努力奋斗，为中国的艺术教育创造了一个又一个的高峰。本人有幸得到了美院几位老师的指点和面授，体会和领悟艺术道理，感受“品学通、艺理通、古今通、中外通”的艺术追求，使自己终身受益。

对我艺术水平提升和画画创作影响最大的，当属李震坚老师。李老师在多年的美术教育和中国画人物画创作实践中，继承国画优良传统，吸收西洋画之所长，融会贯通，成为中国画艺术教育的中坚力量、现代中国画人物画奠基人之一。我年轻的时候曾多次得到李老师的面授和现场指点。在杭州西泠印社办画展的时候我就荣幸地邀请到李老师前来参观指导。他仔细地观看整个画展，对我的梅花图特别感兴趣。他

江南第一枝　沈斗平画　李震坚题

在画作前驻足许久，认真地观看后点评说：“用笔大气，敢于用墨，特别是梅花的枝干用笔有力，粗与细、曲与直对比鲜明，很好地注意了枝干和根部走势与姿态的变化；要注意往复、轻重、曲直、刚柔的变化。”李老师的详细点评，让我既深受感动，又心领神会，暗自感悟其中的奥秘。观看完画展后，李老师为我留下了“墨韵横生”的手迹，给予画展积极肯定的评价，还称赞我画的梅花枝干是“江南第一枝”。这给我巨大的鼓舞，更给了我莫大的压力和无形的鞭策。

画展快结束的时候，我接到李老师的邀请，到他画室参观学习。当时的我，欣喜若狂，兴奋不已，赶忙到美院。在画室中，李老师为我讲授了国画的理论知识和创作技巧，指导我进行创作，还亲自修改我的画作，教我如何用笔、用墨，如何处理曲直、粗细的变化，并对梅花枝干、花瓣的细节处理谈了自己的看法和处理技巧。“听君一席话，胜读十年书”，聆听了李震坚老师的面授，自己顿悟许多。从那以后，我与李老师结下了深厚的感情，常常去书信、寄画作向李老师请教，还几次专程前往美院当面求教，聆听李老师的教诲和耐心指导。李老师还为我写了一篇文章《成如容易却艰辛》发表于《福建日报》。李老师给了我很多切身的帮助，一直鼓励我。在他的言传身教下，我的艺术水平也得到了提升。时至今日，我仍惦记着李老师画室中那生动一课，还有那丰富实用的创作理论和运用手法。

李震坚老师为作者的画题词

与李震坚老师在杭州交流创作感想

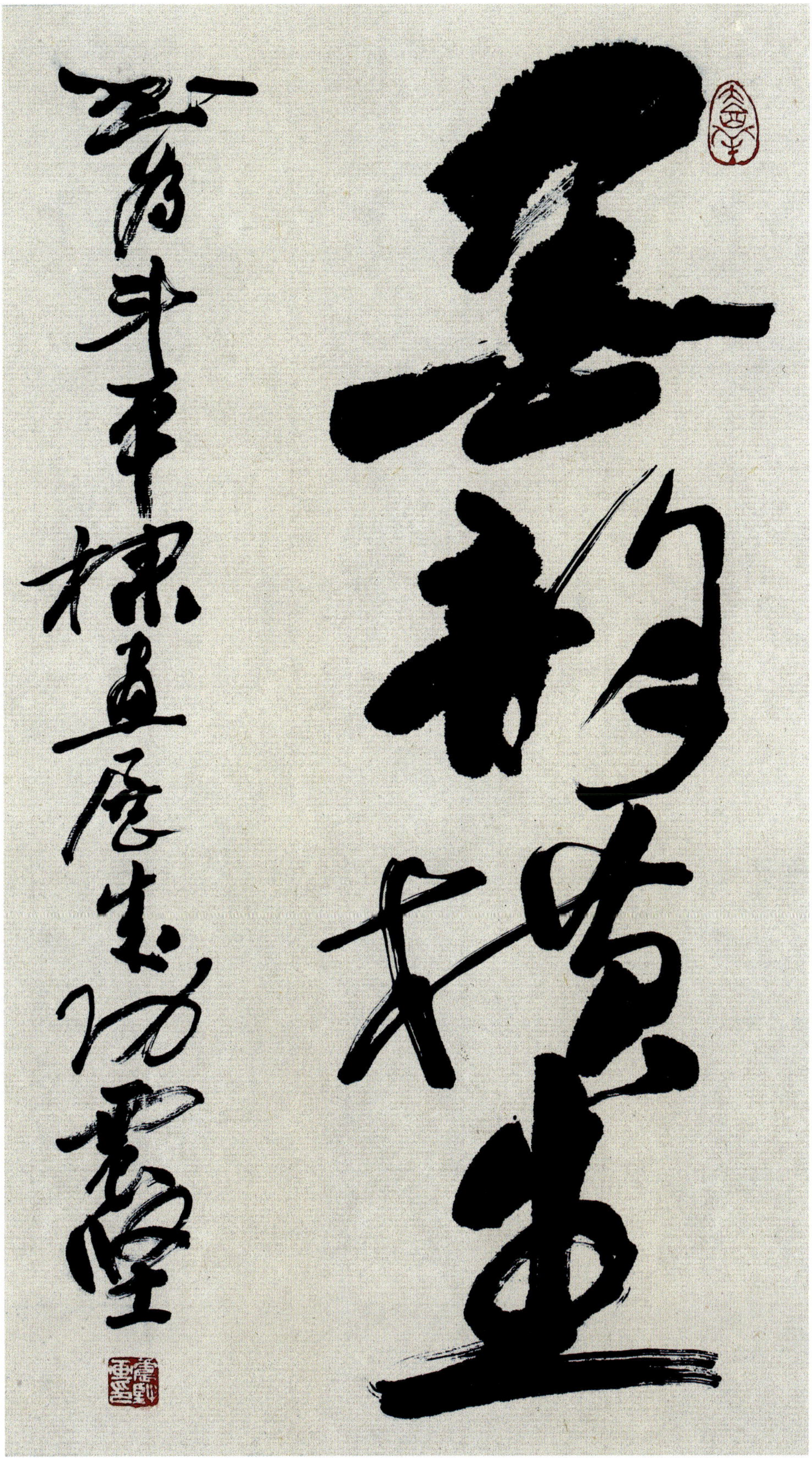

行书　李震坚

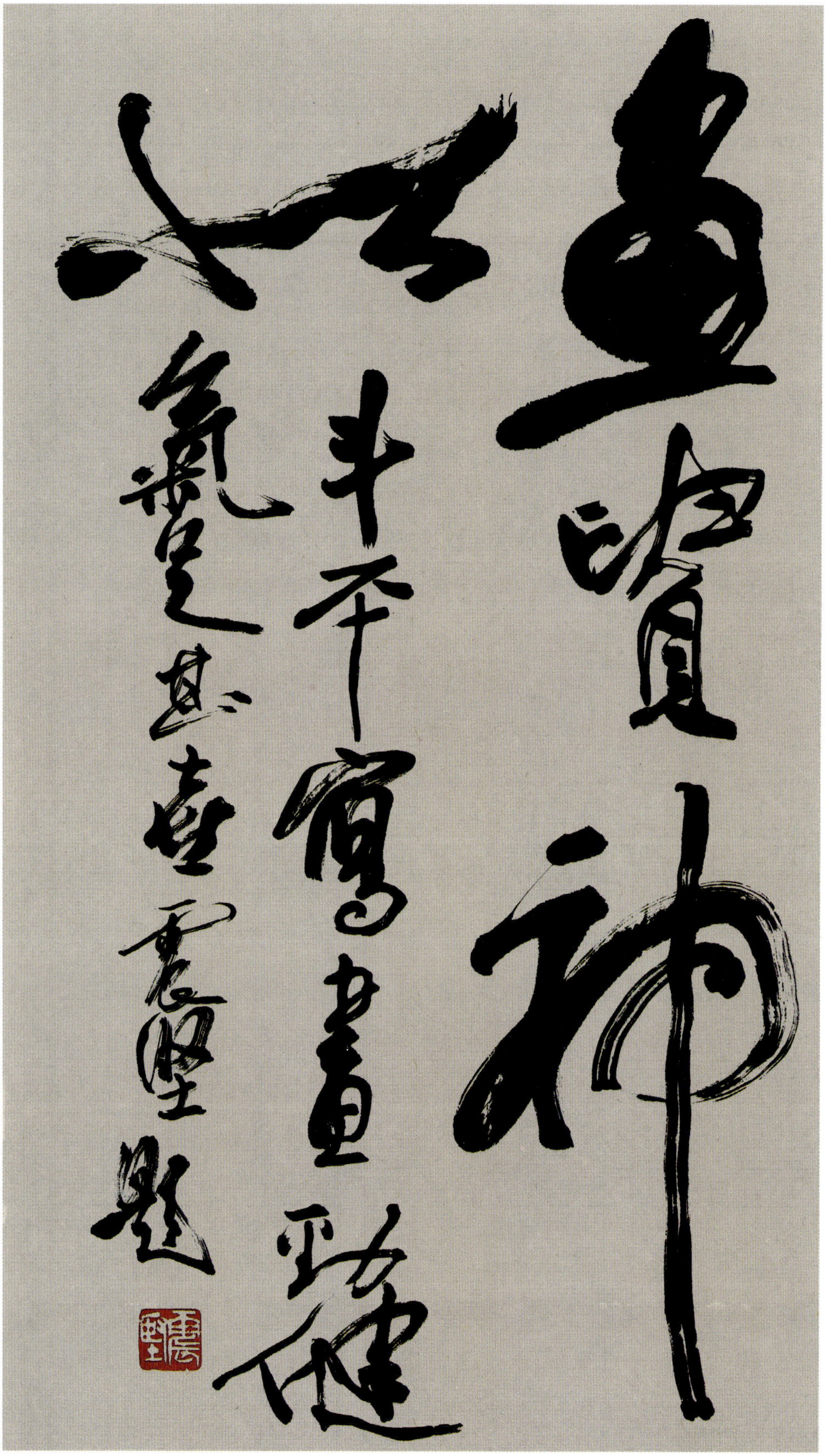

行书　李震坚

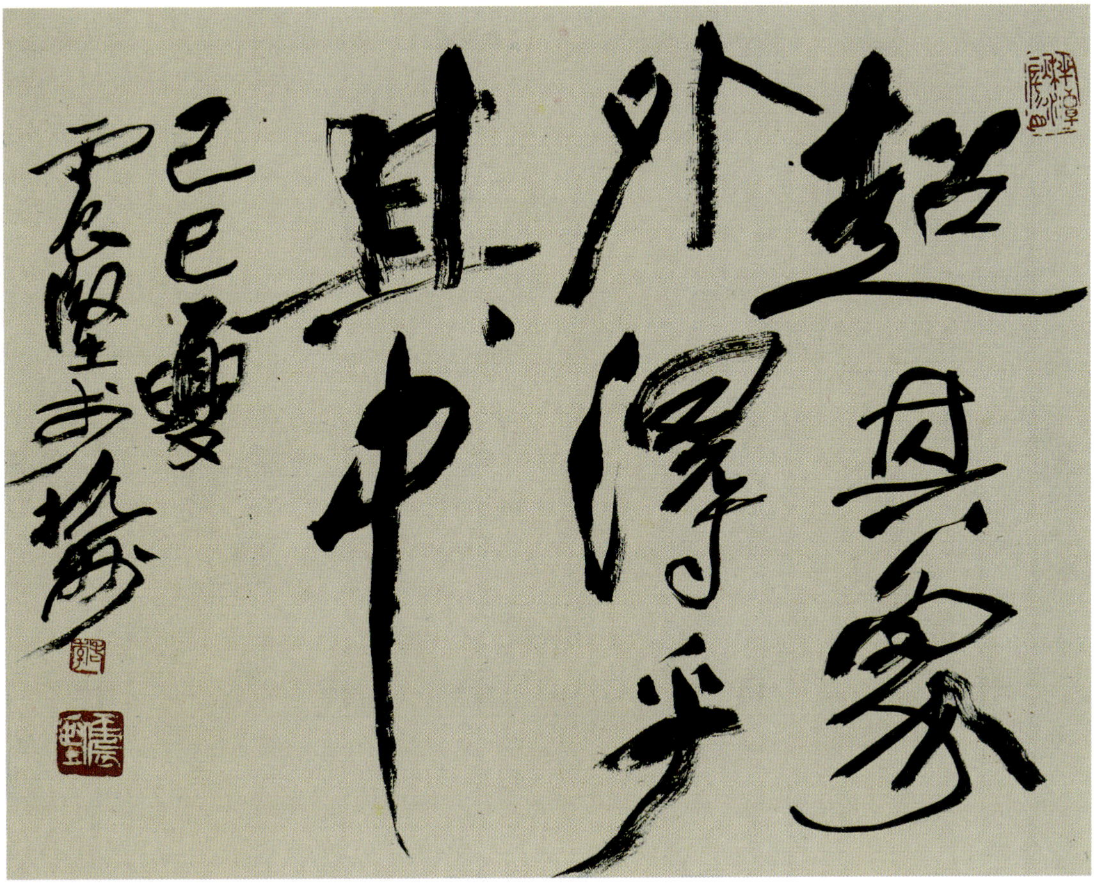

行书　李震坚

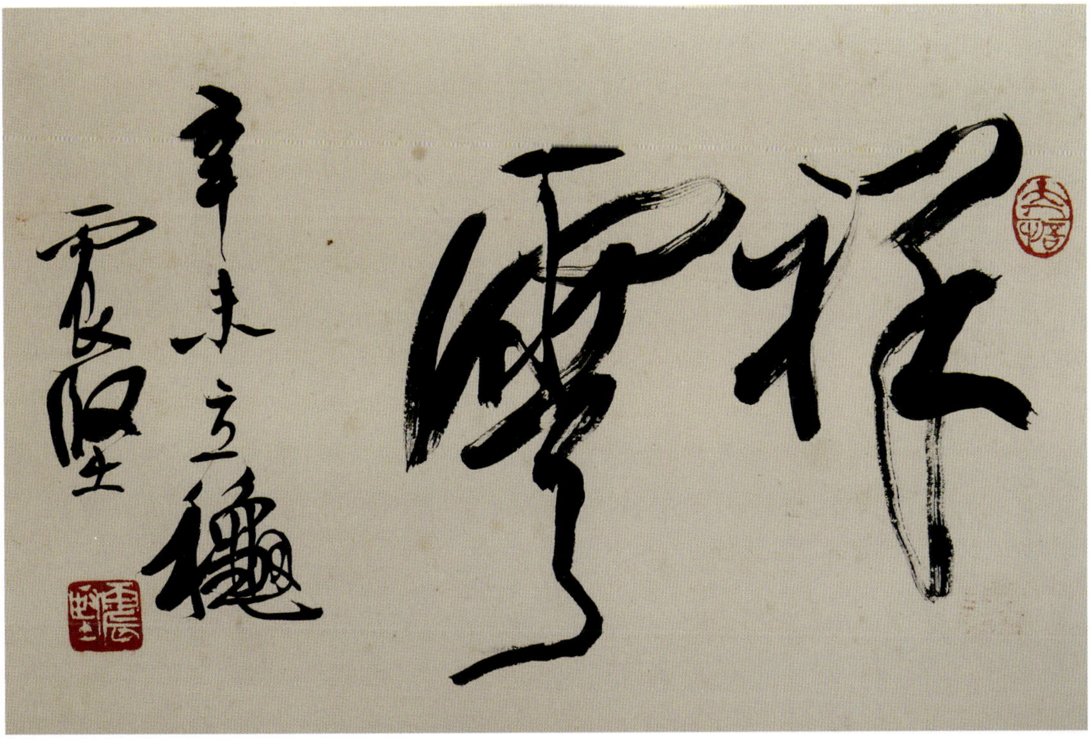

行书　李震坚

与王伯敏教授合影于中国美术学院

王伯敏教授是我国著名的美术史论家、画家、诗人，在美术史论方面有重大建树，撰写了6部美术专史，把我国美术史的研究向前推进了一步。他的画同样成就斐然，画坛巨匠潘天寿曾赞他“不仅专史，而且能诗又工画，实在难能可贵”。他的“凝水”“铺水”和“水渍”等技法在美术界产生很大影响。结识王教授，缘于在西泠印社办画展的机会。他得知我在杭州办画展，特意前往参观指导。看完画展后，他为我的画展题词，洋洋洒洒地写下画展的评论，还接受了杭州电视台的现场采访，谈了自己对画展的看法，高度评价了我的画作。第二次见到王教授，是与卢坤峰、吴山明、陆抑非、朱颖人等老师相聚的时候。那次诸多大家共聚一堂，大家兴致很高，探讨交流各自的心得。王教授谈了自己的感想和体会，与大家共享，我有幸也在旁聆听，收获颇多。

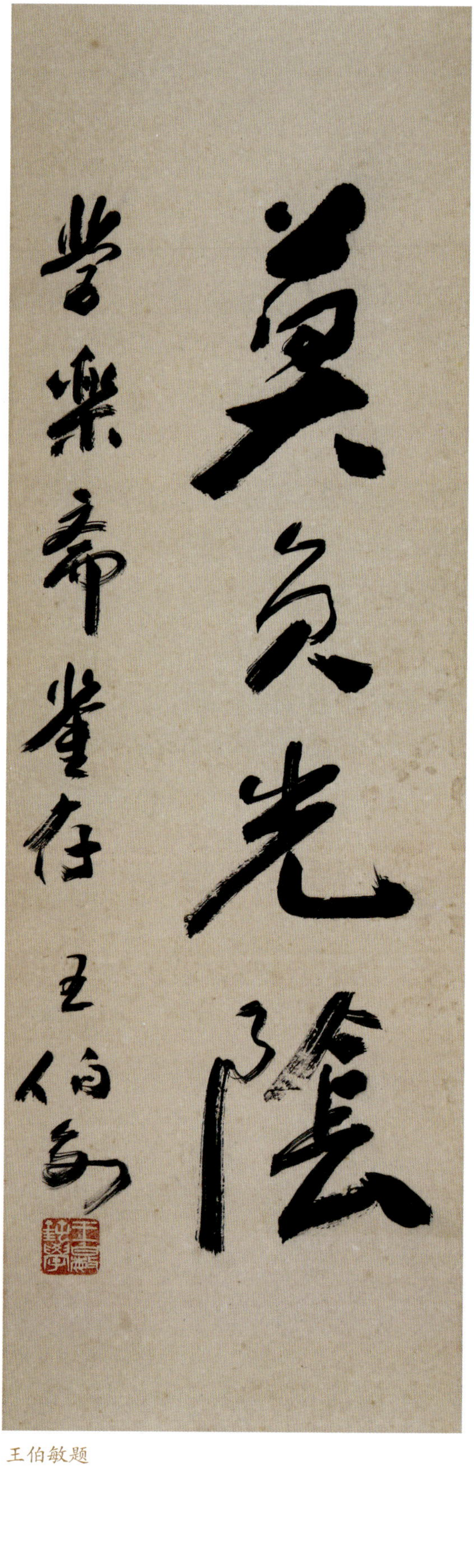

王伯敏题

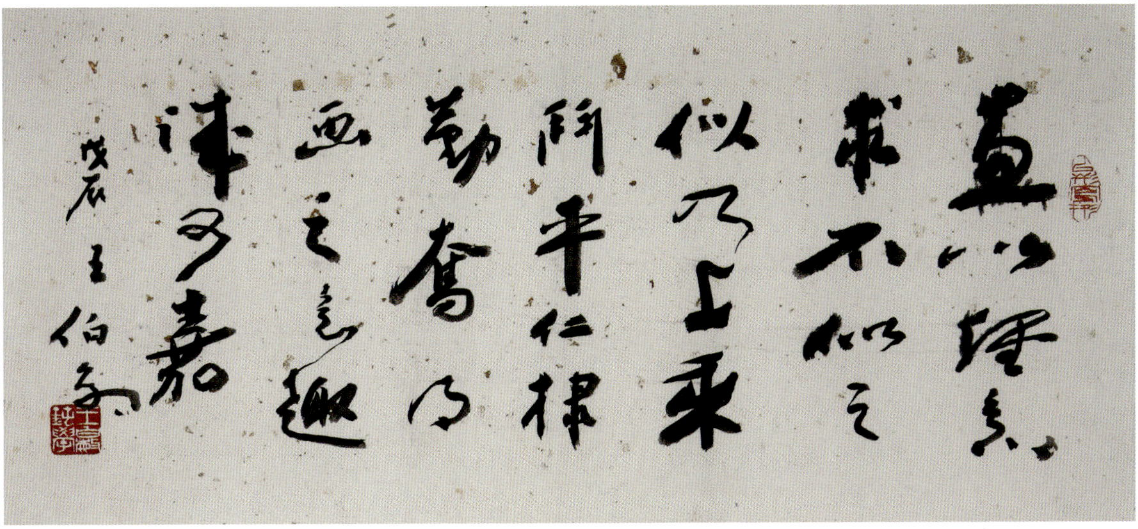

行书　王伯敏

花开富贵　竹报平安　王伯敏画　郭仲选题

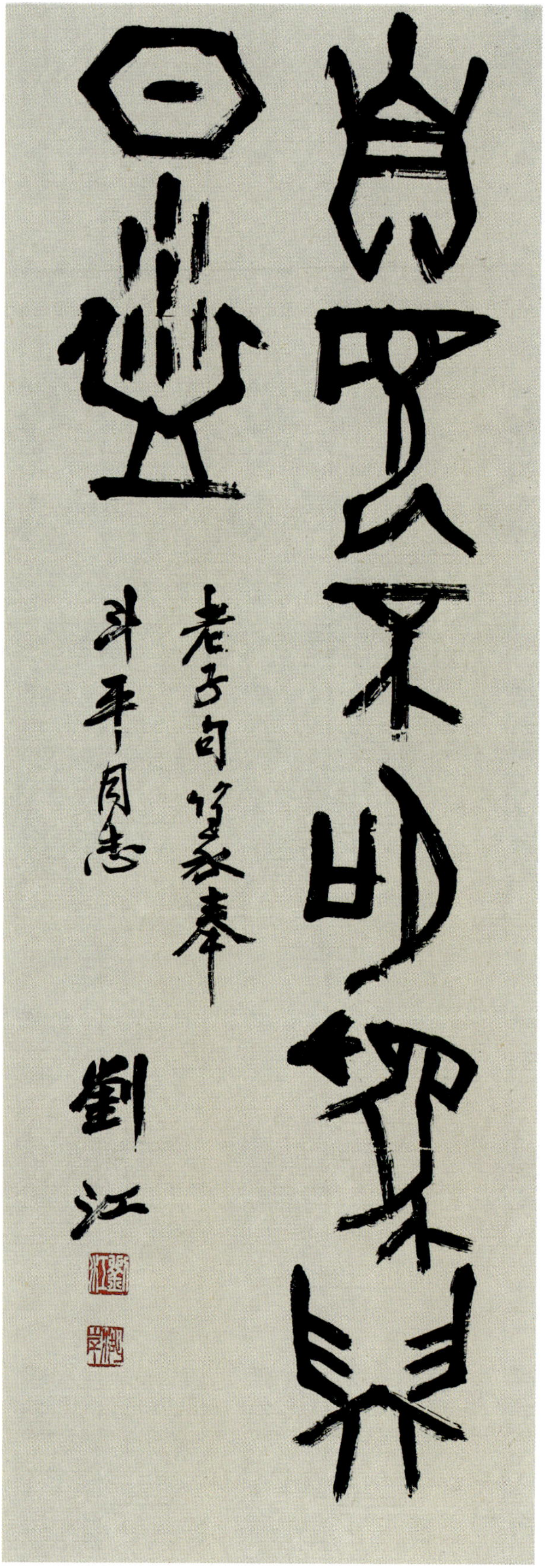

篆书　刘江

中国美院还有一位老师，那就是刘江教授。刘教授的书法篆刻、创作技法和审美理论研究，在海内外书法篆刻界均有一定知名度和影响力，曾获中国书法家协会颁授“德艺双馨艺术家”称号，获“中国书法兰亭奖·终身成就奖”、中国文联“造型艺术成就奖”。我在杭州办画展的时候，他刚好出差在外地，于是特意委托学生送来题词，表示祝贺。他出差回来时，专程赶来参观，为我祝贺，还赠送我“外师造化，中得心源”题词。我知道这是唐代画家张璪所提出的艺术创作理论，“造化”即大自然，“心源”即作者内心的感悟。刘教授以此赠送我，就是希望我在领悟自然美的同时，勤于思考，善于理解，将自然的美转化成为艺术的美，创造出更多优秀的作品来。

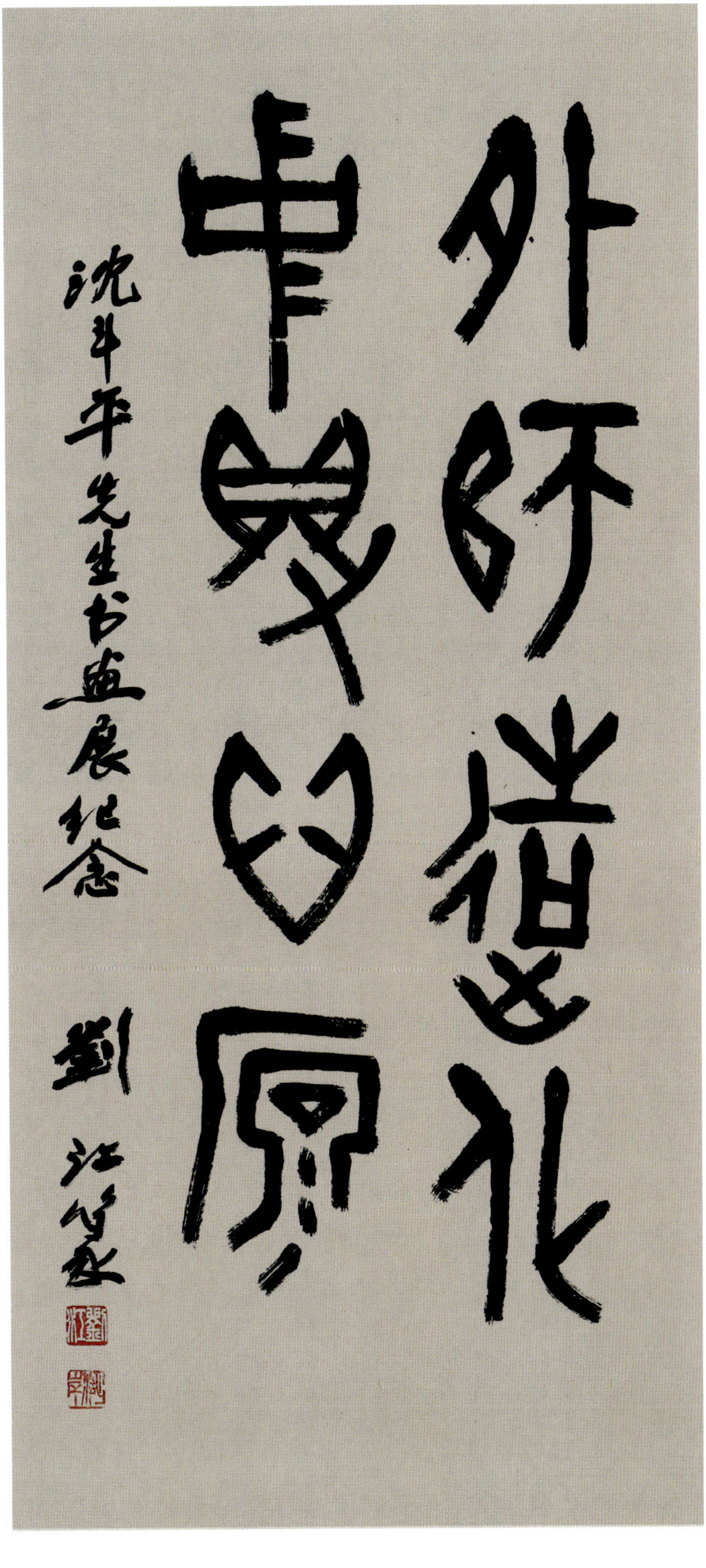

篆书　刘江

摩崖有客漫留题
——与欧阳中石先生游鼓山

在整理珍藏的墨宝时，面对书画大家欧阳中石先生的真迹，我深感亲切，与欧阳老师几次谋面的往事浮现眼前，尤其与先生游鼓山的经历更是印象深刻。

我刚步入书画界的时候，在很多书展、书画书籍中经常看到欧阳先生的大名，深知他的艺术造诣，一直梦想着能够见他一面，当面求教，聆听指点。在一次书画展中，得知先生为师范学院的教授，于是按照先生的地址冒昧去信，请求墨宝。未曾想到，一月有余，收到了先生寄来的墨宝，甚是感动。“斗平仓路满，天阔竹求灵”，书法苍劲有力、潇洒俊逸。

第一次拜访欧阳先生是在1993年的冬天。我冒着严寒，寻找到先生的住所，当时好几位学生在欧阳先生的书房研讨绘画的事宜。我入屋后，自报家门。欧阳先生依然记得我的名字，说我曾经给他写过信，请他写过书法。我有些不好意思地在旁边站着，赶忙解释说，从小仰慕先生，慕名前来拜访，想当面聆听先生的指点。他听后，呵呵大笑，说道：“看来你是有诚意的。”于是耐心地给我传授知识，评点作画技巧，还与我合影留念。

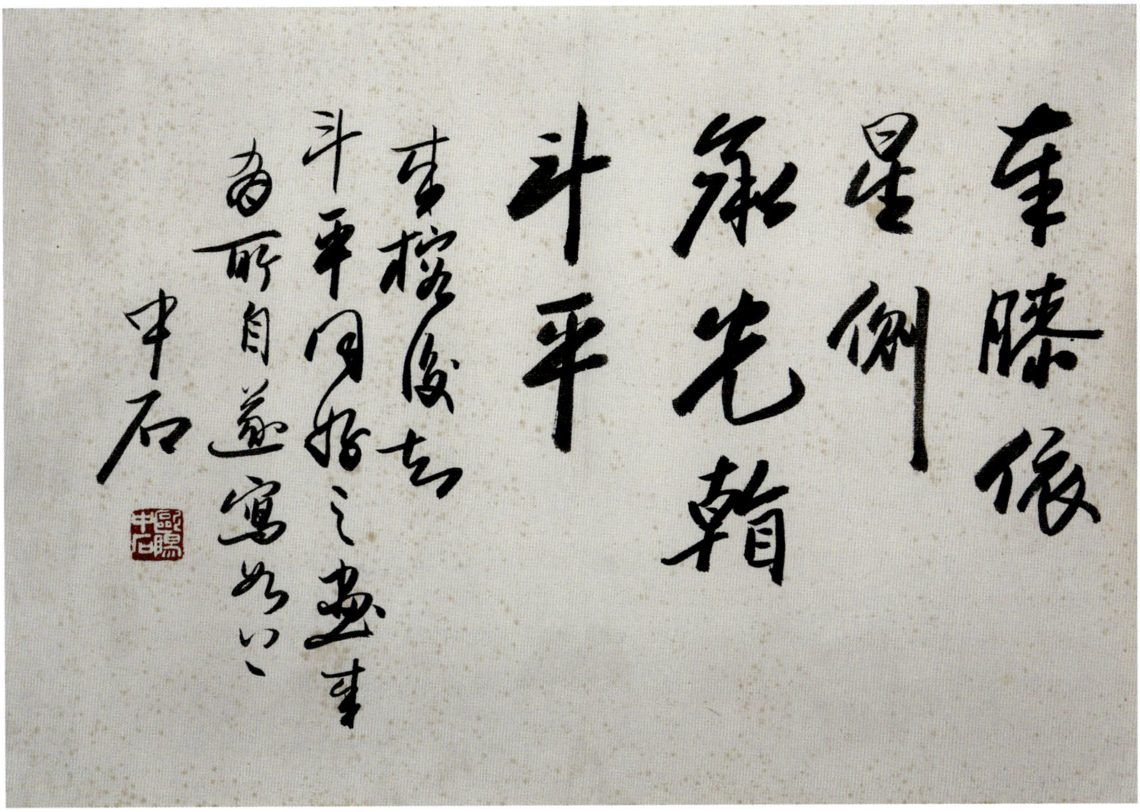

行书　欧阳中石

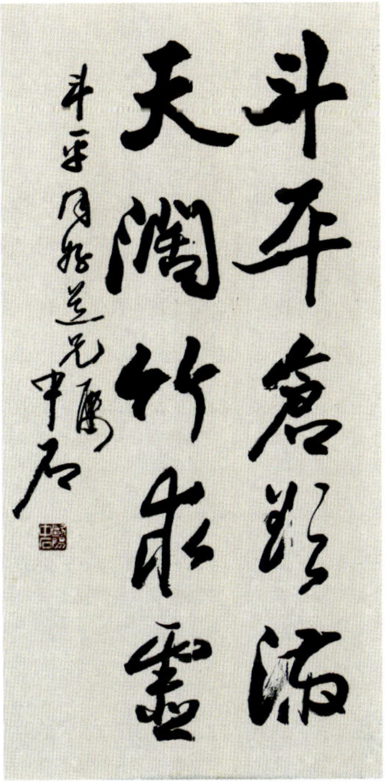

行书　欧阳中石

与欧阳中石先生合影于北京

与先生的交往，印象最深刻的是陪他游鼓山。那是1994年的秋季，福建省扶助残疾人促进会在福州召开，欧阳先生作为嘉宾来福州参加会议。主办方安排我全程接待他，让我有机会与欧阳先生再度接触和交往。我陪同欧阳先生游览鼓山，参观了涌泉寺后，更多的时间就是欣赏鼓山摩崖石刻。鼓山石刻，上自北宋，下迄清代以至当代，前后延续近千年，内容丰富，字体隶、行、草、楷俱全，遗有蔡襄、李纲、朱熹、郭沫若等大师的碑刻作品，是福建古代石刻最多最集中的地点，是座壮观的石刻书法宝库，前人曾有“摩崖有客漫留题”之誉。先生每到一处，都驻足仔细欣赏品评：石壁上宋代蔡襄的颜体楷书“忘归石”三个大字，笔力遒劲，是书法艺术的珍品；朱熹写的宽达四米的正楷大“寿”字，刚劲敦厚。我们跟着欧阳先生仔细品味那一段段精美的石刻以及来历故事，边走边跟我探讨书法的用笔、运笔以及结构布局，让人流连忘返。从鼓山下来后，我们邀请欧阳先生到海关的书画室与大家见面，郭辉、魏福顺、陈伟等七八个人参加了座谈，与大家探讨了书法的魅力。交谈之余，欧阳先生知悉我喜欢梅花，即兴创作，也画了一幅梅花与我交流。他寥寥几笔，就勾勒出了梅花的姿态，简单不繁杂，并题写了书法，留下了珍贵的墨宝。

2009年与欧阳中石先生在中国美术馆一同参观民进中央画展

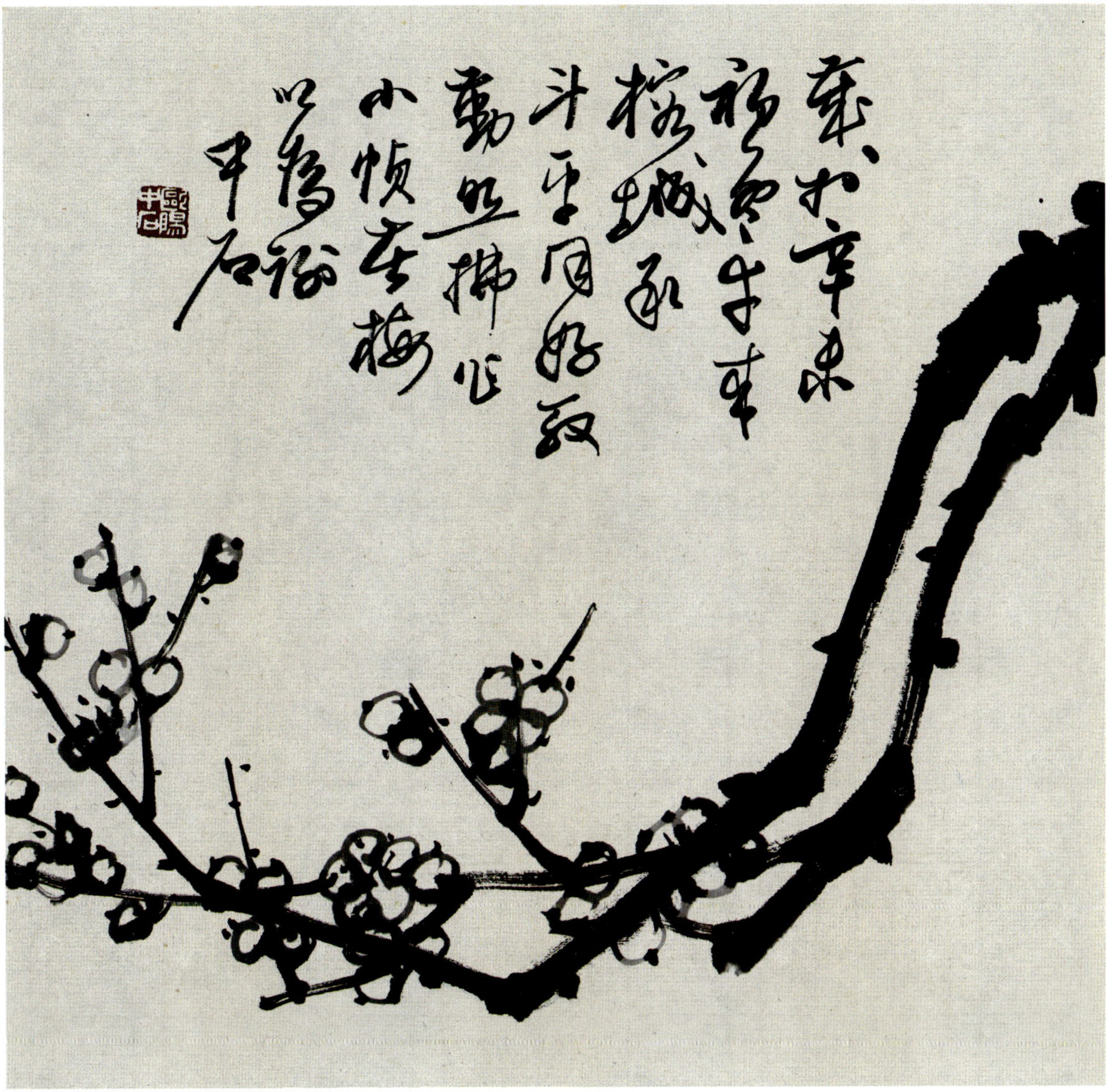

梅花图　欧阳中石

萍水相逢亦前缘

——与靳尚谊等前辈的缘分

谈起从艺经历还得说说当今美协、书协的几位前辈——靳尚谊、刘大为、张海和吴冠中先生。他们谦逊和蔼，给了我春风化雨般的帮助和指点，让我得到了启迪和收获。我从他们身上看到了艺术前辈光风霁月般的高尚人格。

第一次见到靳尚谊先生是在1992年的初夏。虽然二十多年过去了，但当时的情景历历在目、记忆犹新。我怀着对靳先生的崇敬之情，专程到位于王府井的中央美术学院拜访他。那时他担任中央美院的院长，不但公务繁忙，而且还亲自教学，要拜访他得掐准时间。我在下课后的空闲时间，终于见到了敬仰已久的靳先生。听我说完求教之意，靳先生谦虚地说，他对国画没有研究，不内行，但可以探讨交流。认真看了我的画作后，先生从油画的视角，鼓励我画画时大胆用色，让色彩对比更强烈些。这些中肯的意见，至今仍影响着我。再次见到靳先生，是在2015年冬天。当时，我和好友朱兴龙、洪礼朴、王小寅专程赴北京请福建老省长胡平先生为我的新书作序，得知靳先生与胡老住得近，

2015 年在北京与靳尚谊先生一起观赏《八闽之光》画册

于是拿到胡老的大作后，就赶去拜访靳先生。当我进门的时候，靳先生有点认不出我了。八十多岁高龄的他，已是满头白发，但精神矍铄。我赶忙自我介绍，说起先父和柔坚兄，并向靳先生说明了来意。他听后，热情地请我落座，并认真翻看我带来的《八闽之光》画册，频频点头说“好”。他说道：“这做法很好，值得称道，不仅自己得到进步，还可以带动好多人共同进步。这是一件很有意义和快乐的事情。”

行书　刘大为

2010年与中国美协主席刘大为、副主席范迪安等在中国美术馆参观民进中央开明画院画展。

与冯骥才先生合影

我与另一位美协的前辈——刘大为先生，有着短暂却是不解的缘分。在开明画院成立的时候，冯骥才院长邀请了诸多前辈、大师前来指导，其中就有刘大为先生，他那时已是美术家协会的领导。刘先生在展厅参观，很多人都围绕着他，他边走边跟陪同人员交流。走到我的作品跟前时，我向他介绍了作品构思。他停下脚步驻足细看，说道：“布局合理，用色大胆，画得不错！”当他得知我在海关工作时，赞许说：“海关出人才啊！我有好几位朋友也在海关。你在公务之余能够坚持绘画不容易，能达到这样的水平更是不容易啊！”刘先生建议我在书法上多下些功夫，题款可以更简练些，这样整个画面的效果会更好。

还有一位是中国书法家协会主席张海先生。在他担任河南省书协主席的时候，我就与他保持书信往来，常在信中向他请教书法知识。他总是在第一时间给我回复，耐心回答我的问题，倾注了对晚辈成长的无限关爱。第一次见到真人真面目，则是在 2015 年的开明画院书画展上。张先生认真观看了我的作品，还仔细品读了我带来的《八闽之光》书画作品集。看后他说道："这几年福建的书法有很大的发展呀，作品中的几位年轻书法家功底都很扎实、很不错的！希望'八闽之光'能够走出福建、走向全国，扩大交流和影响，用灵动的笔墨把闽山闽水、爱闽情怀传播出去。"

2015 年与中国书协主席张海在北京

与吴冠中先生合影于中国美术馆

谈及前辈，还有一位前辈，那就是吴冠中。他与父亲是多年的老朋友，经常联络。1999 年，父亲在中国美术馆举办"沈锡纯九秩画展"之际，吴老知悉此事，便邀上沈鹏、廖静文等书画界名家亲临祝贺、交流。我就是在那时，与吴老近距离地接触，聆听他对父亲画作的赞赏，感受他艺术家的气质。吴老朴实、谦和的风度给我留下了深刻印象。

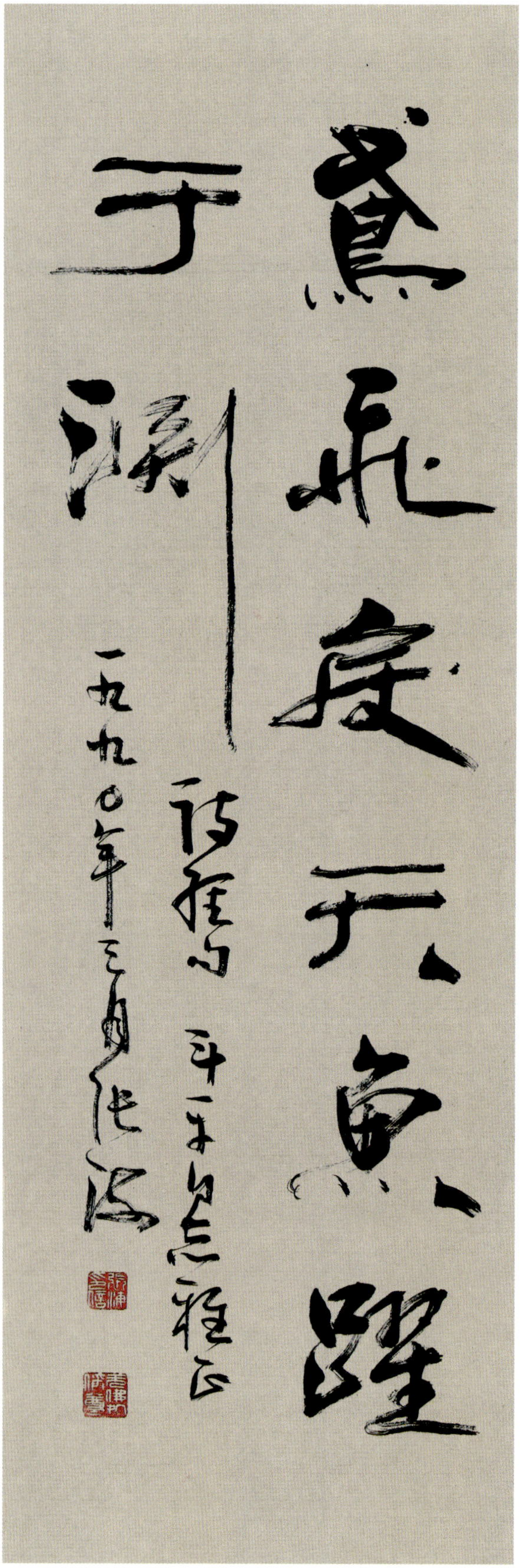

行书　张海

风流儒雅亦吾师

——与张仃先生交往二三事

张仃先生德高望重，是从延安走来的工艺美术大师，和吴作人、李可染大师齐名。初次拜访张老，因为不知他北京家的地址，就直接到中央工艺美术学院去拜访，结果没找到。之后，我在1987年成立福建省直机关青年书画协会时，再次去北京拜访张老。

通过北京的朋友，知道张老住在中央工艺美术学院宿舍。开门的是张老夫人，她看到我外表非常朴实，问我来自哪里。我说我来自福建。她说：“福建的呀，好！好！小伙子请进。”

进了门，发现张老家是个公寓式的楼房，有4室1厅。我在他客厅坐了大约10分钟后，张老午休起床从他的卧室走出来，看到我之后，非常热情地和我握手。张老满头白发，风度非常好，个子不高，但气色非常好。我不禁想起杜甫的诗“风流儒雅亦吾师”。张老用很重的京腔对我说：“请坐、请坐！”我就和张老并排坐在一个布质的沙发上，聊了起来。

张老问我学画多少年、和谁学的，我说和家父沈锡纯

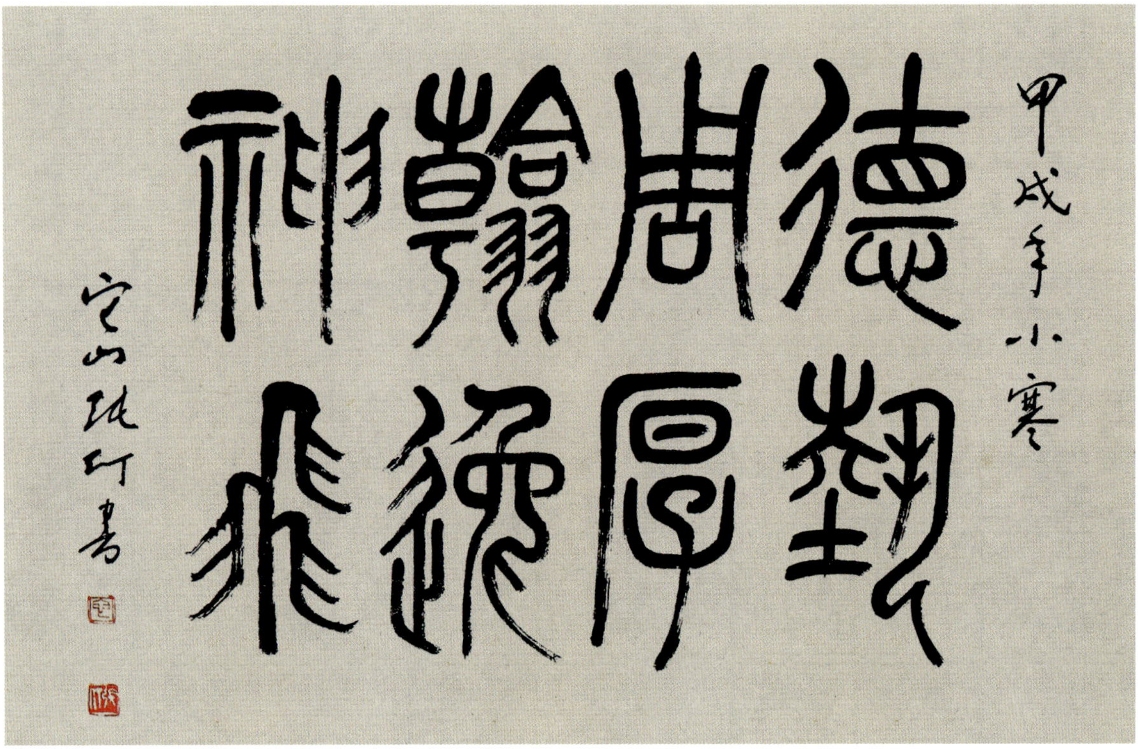

篆书　张仃

学的。张老说和家父见过面，是一起在北京颐和园为国务院创作的时候。他问起家父的一些情况，我一一做了回答。他邀请家父适当的时候赴京，到家里做客叙旧。

我和张老讲了准备成立福建省直机关青年书画协会的事，想请他当顾问。张老想了一下，欣然答应，说这是他第一次当福建籍团体的顾问。我拿出由启功先生等人给我题写的书画册页，张老看了后，让我在客厅里稍坐。他马上到卧室里面，用很漂亮的篆书写了四个字“八闽之光”，然后很谦虚地和我说他写得不好。我看了非常激动，连声向张老表示感谢。张老一再和我说他写得不好，并说我如有时间，应该请王朝文先生（时任中国美协副主席）写一个。我带着张老的墨宝依依不舍地离开了他家。

第二次见面是 1991 年，那时张老已退居二线了。那天也是下午，开门的是张老本人。他还记得我，说你是来过我家的，我为你写过字的，你是福建的小沈。我愣住了，没想到张老竟然还认得我。我连声说“是”，说已经三年多不见。张老让我坐下，和我聊了好一会，其中专门聊了福建籍的画家、四川美术学院的院长沈福文。张老说沈福文是福建的骄傲，听说也是诏安人，在漆画界里非常有影响。他和沈福文在延安时期就一起共事过，问我是否和沈老先生联系过。我说他还到过我家，和我父亲是要好的朋友，他们从小就是同学。张老跟我说，如果有机会应该多向沈福文先生请教，他是位德高望重的人。

之后我拿出作品请他指点，是一幅菊花图。张老看完后说，墨色用得很好，如果再放开一些，不止画菊花，画些荷花之类的写意性的东西，胆子再放开一些，用笔的速度再快一些，可能效果会更好。他建议用色上层次感更强烈一些，该黄的就用得更黄一些，该红的就用大红，不要怕。我把张老的意见记在心上。他讲完后，我再次跟他说，他上次写的“八闽之光”挂在我家里书房，很多人赞扬。张老说，他写得不够好。我说，今天再来很难得，如果张老能够在我册页上再写一个，那就更好了。他笑着说：“启功先生都给你写了，我能不写吗？”就到书房里，又写了几个字给我。

第三次看到张老的时候是 1992 年了。那天张老非常忙，家里客人非常多。当时我想请张老去参观我的画展。一说明来意，张老非常热心地让我入座，而且很客气地向其他人介绍我，说是福建的年轻画家，他父亲也是个大画家。因为看张老实在很忙，那么多人在等他，我就拿出请柬放在那。张老说只要他有时间一定抽空去看，但过两天要出差到国外。到此我就先告辞了。这就是我见到张仃先生的三次经历。

与张仃先生及其夫人合影于北京

艺海徜徉无尽涯
——福州画院的画师们

坐落在福州市鼓楼区于山路 2 号的福州画院，是一幢白墙黑瓦、具有江南民居风格的建筑，那里曾活跃着一批全国著名的书画、篆刻大家，如郑乃珖、沈觐寿、潘主兰、周哲文、吴其珌……包括先父沈锡纯，都是艺术名家。先父早年与各位画师一同发起创办了画院，长期担任画院的画师，让我从小就与福州画院结下不解之缘，与画院的画师们也有了深厚的交往之情。

郑乃珖先生，是福州画院的终身院长，曾任中国画研究院院务委员。他对当代中国绘画继承与发展做出过突出贡献，是我国引人瞩目的艺术大家之一。生活中的他，衣着朴实，有着艺术家的气质；在很多场合，他都是压轴出场，给人一种长者的威严感觉。在一次笔会上，我画了一幅竹子，请郑老予以指点。那时郑老已经七十多岁了，他认真看了看画作，沉思了一会儿，说道："竹子的竹干很有气势，有精神，但画面稍显单薄。"他顺手拿起画笔，在我的竹子图上补了几笔，顿然间，整个画面变得充实，布局也合理了。还有一次，他

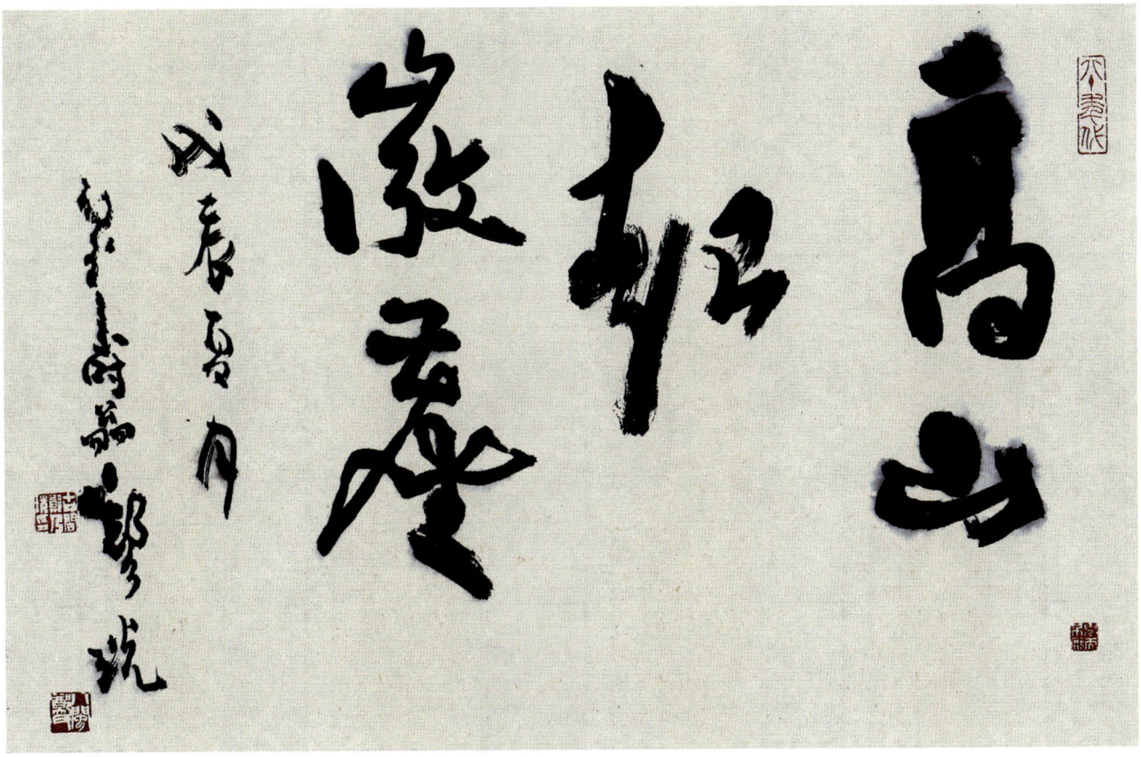

行书　郑乃珖

与父亲以及田世光、孙其峰、高冠华等大家，共同创作了《盈然生晖》。他追求艺术“以学识酝之，以涵养酿之，以性情化之，以精神造之，故其作品酣畅恣肆，蕴藉淳厚，神采逼人”。

潘主兰先生，曾是福州画院的副院长，多年来研究诗书画金石文字，甲骨文书法艺术造诣尤深，在诗书画印、文字学以及寿山石文化等方面均有极高成就。他住在洋下新村，是我们的邻居。我小的时候就经常到他家串门，看他创作，向他请教。我记忆中，他谦虚和蔼，给人容易亲近的感觉，凡是有请他写字的，都很爽快答应。他曾帮我写对联，教我书法，还给予理论指导。由于邻居的缘故，我曾有幸多次与潘老、韩天衡、叶尚青等大家交流，受益良多。对于年轻人的事，潘老都不遗余力地给予帮助。记得省直机关青年书画协会成立的时候，我恳请潘老为协会题词，潘老欣然题赠了“艺圃新葩”。

与潘主兰先生合影于福州

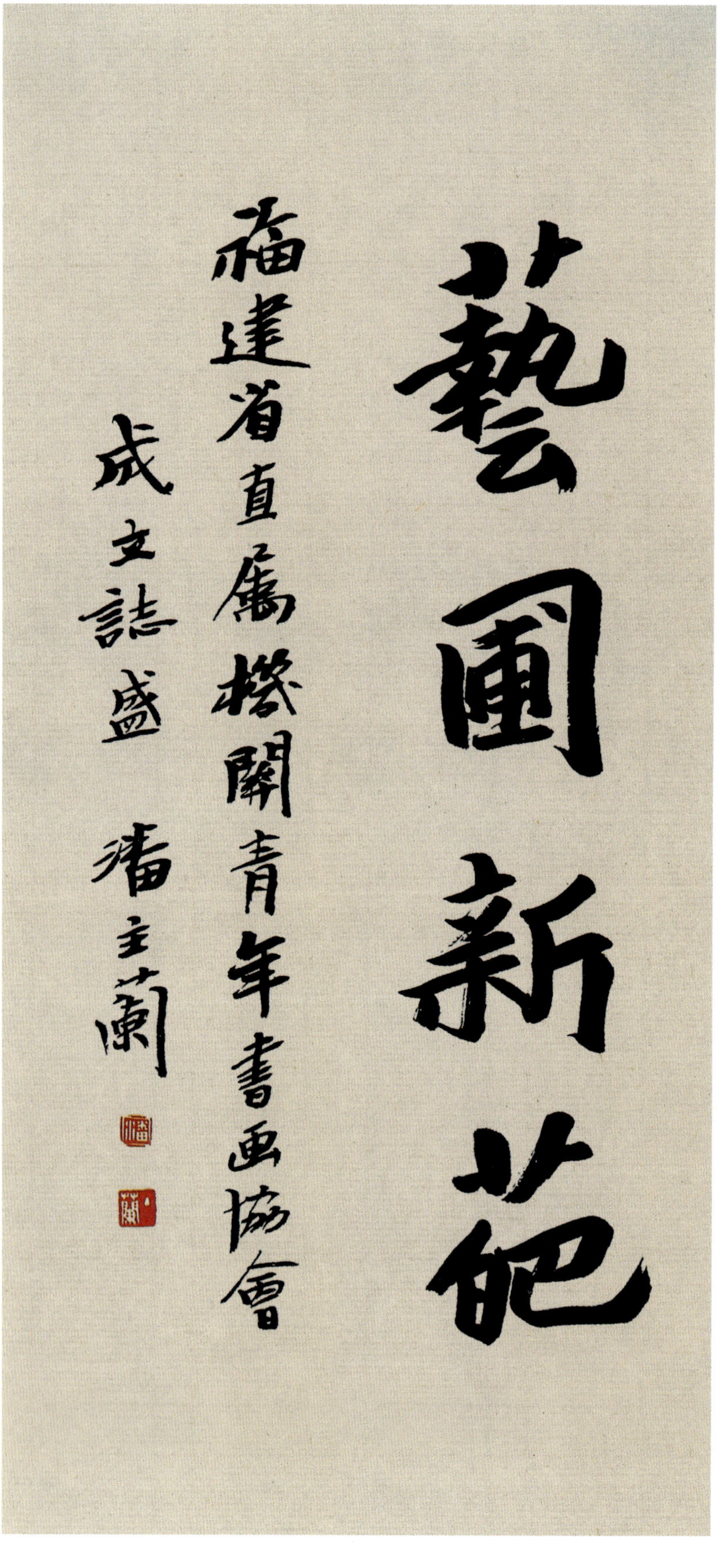

潘主兰题

沈觐寿先生是福州当代具有代表性的书法家，一生精研颜、褚两家书法，书法功力深厚，成就斐然。由于都姓沈，跟父亲是好友，我经常跟沈老套近乎说是自家人，大胆地向沈老请教书法知识。沈老见我求知若渴的样子，毫不吝啬地和盘托出，说是书法与画画道理相通，可以互相学习借鉴，教我如何运笔、如何用墨，让我深悟书法的内涵。还有朱棠溪先生，他多次辅导我书法，来信鼓舞我。

福州画院里的这些老画师，我都曾近距离地接触和讨教学习，从他们身上领悟了闽派书画家的风格，从中汲取养分，成为我成长过程中的重要元素。

与著名书法家韩天衡、中国美院教授叶尚青先生拜访潘主兰先生

与沈觐寿先生及书法家许介川兄（左一）等合影于福州画院

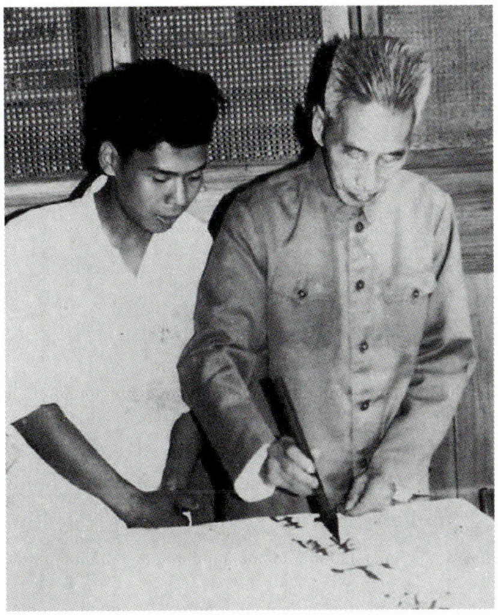

与朱棠溪先生合影

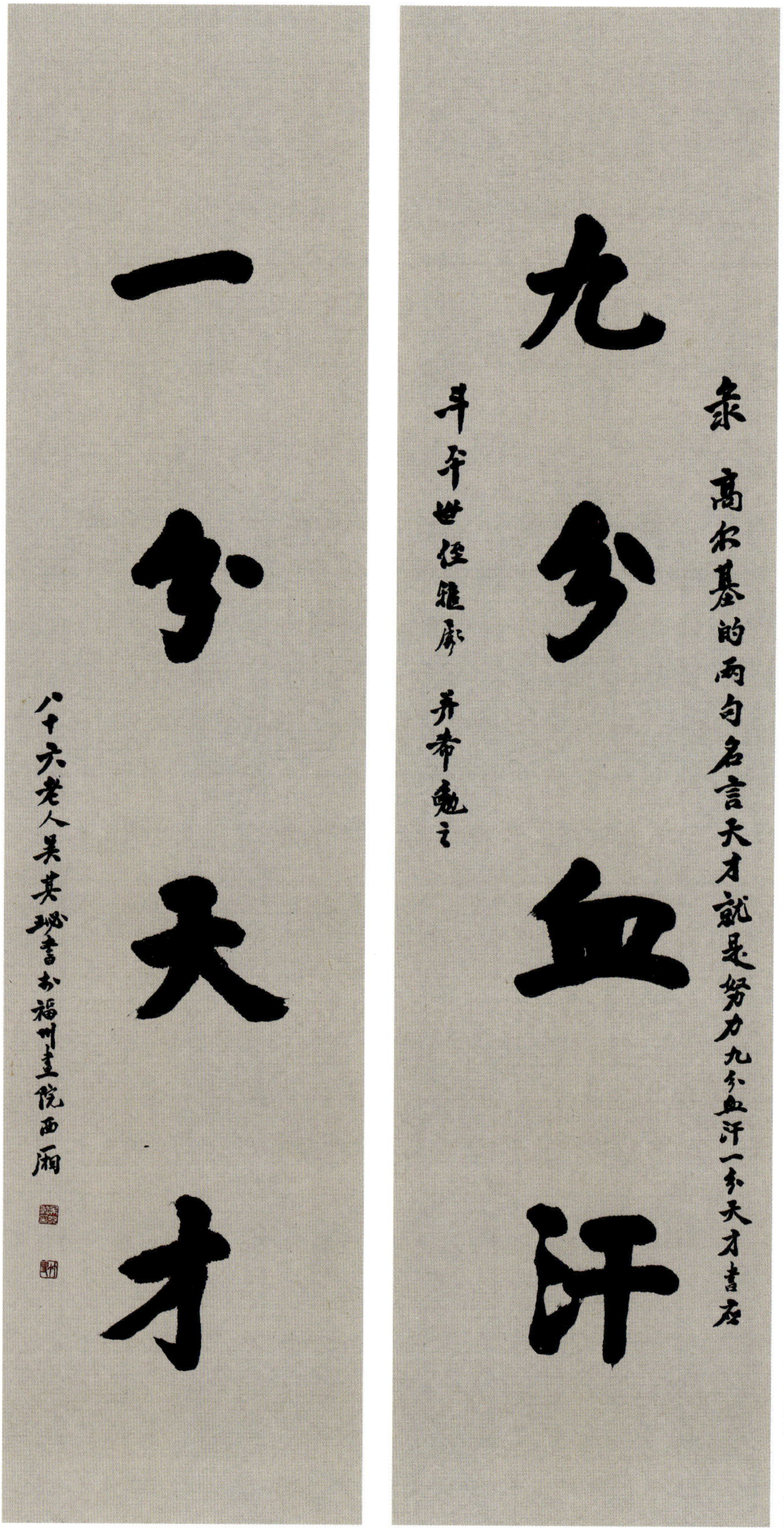

行书对联 吴其玜

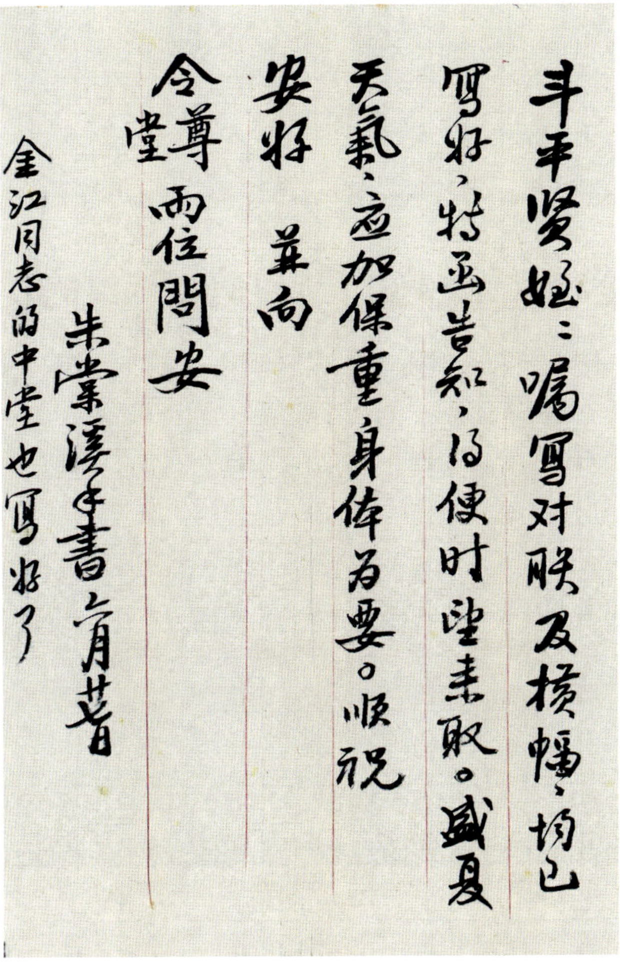

斗平贤姪：嘱写对联及横幅，均已写好，特函告知，得便时望来取。盛夏天气，应加保重身体为要。顺祝
安好 并向
令尊堂两位问安
朱棠溪手书 六月廿日
金江同志的中堂也写好了

信笺　朱棠溪

篆刻　周哲文

与画家唐国光先生合影

清风明月共相伴
——与国画大师亲属的缘分

在中国画坛中，徐悲鸿的马、齐白石的虾、李可染的牛和黄胄的驴鼎鼎有名，堪称 20 世纪“中国水墨四绝”。几位大师艺术成就斐然，在中国画坛留下了不朽的盛名，也留下了宝贵的精神财富。即使在大师的有生之年无缘向大师面对面求教，但缘于对艺术的共同追求，我能有缘与大师的亲属相识结缘并建立友谊，也是一种福气和幸运。

提及廖静文先生，书画界都熟知，她是徐悲鸿的夫人、徐悲鸿纪念馆馆长，在徐老逝世后写了《徐悲鸿一生》一书。年轻的我读完那本书，为徐悲鸿从一个贫苦农村的孩子到走向世界的坎坷历程而感动，也为他那不幸的婚姻以及他和廖静文短暂的爱情而落泪。当时我就暗下决心要找机会拜访她。1982 年我在税务局工作的时候，认识了廖静文的助手——陈海燕女士，通过她的推荐，在徐悲鸿纪念馆第一次见到了廖静文先生。那时候，她刚 60 岁，很有风度，待人接物细声细语的，没有什么架子。听说我来自福建，她特别热情和亲切，说道：“福建出了不少书画名家，沈锡纯是一代画虎大家，陈子奋的印章闻名全国。我跟福建很有渊源，可惜的就是没有到过福建，很想有机会去看看。”看到我怀揣着画册，她亲切地说给她看看。她仔细翻看欣赏着，对我的梅花和武夷山水画很有兴趣，欣然为我题写了“沈斗平画展”的册页。2004 年的中秋，我请先生为我即将出版画册作序，她欣然同意，并在字里行间给了我很多的鼓励和肯定。

1992 年陪廖静文先生在中国美术馆参观沈斗平画展

与廖静文先生及其学生崔剑峰合影于徐悲鸿纪念馆

2012 年廖静文先生为作者武夷山工作室题匾

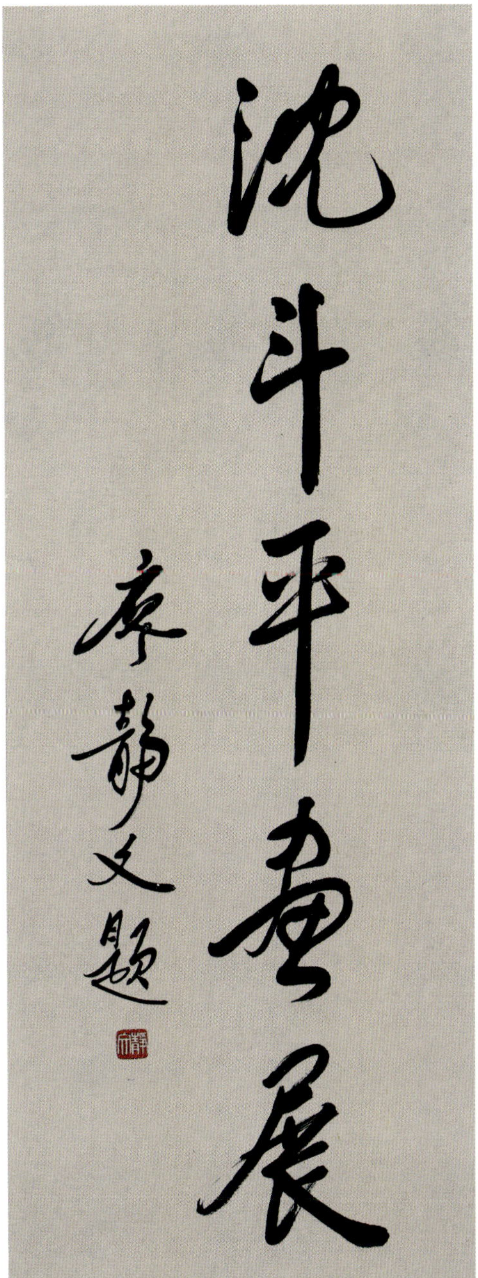

廖静文题

每次我到北京看望她，先生都提起到福建来办展的愿望。2012 年国庆节期间，这个愿望终于实现了，廖静文女士以九十岁高龄到福建博物院举办徐悲鸿画展。长假期间，博物院游客如织，许多人都是冲着徐悲鸿画展去的。大家在赞叹徐悲鸿真迹之余，更深感廖静文先生的可贵精神。她虽年届耄耋，仍日日守护着徐悲鸿留下的珍贵遗产。在参观画展之余，我专程向老人家汇报了近年来的一些成绩和进步，她听后点头称赞，还为我武夷山的工作室题写了匾额。

徐庆平先生是徐悲鸿大师的四子，子承父业，也从事画画。第一次见他是 1993 年的冬天，在中国人民大学的专家楼。我们俩见面后，颇为投缘，交流了对书画的认识和看法，并对当下书画的发展趋势进行了探讨。他引我到画室，参观了他珍藏的名家真迹，还欣然提笔为我的画展写了册页 “墨缘”，期待我“艺海扬帆”。我们后来保持兄弟般的感情经常联络，尤其在我的画展中，他耐心地向朋友推荐、介绍我的艺术作品。

在徐悲鸿先生画展上与徐庆平先生合影

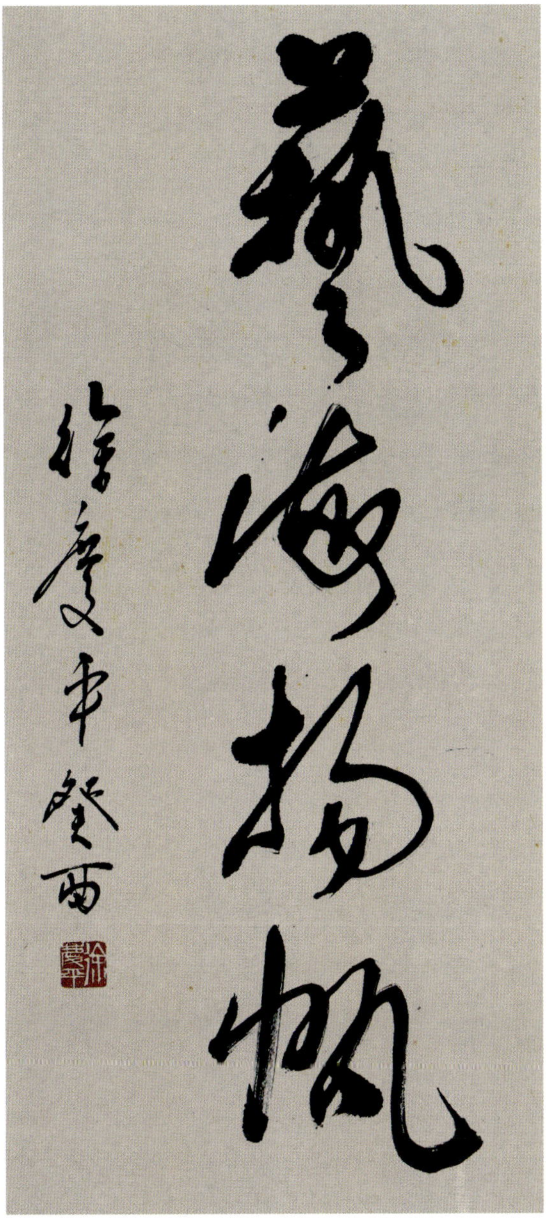
行书　徐庆平

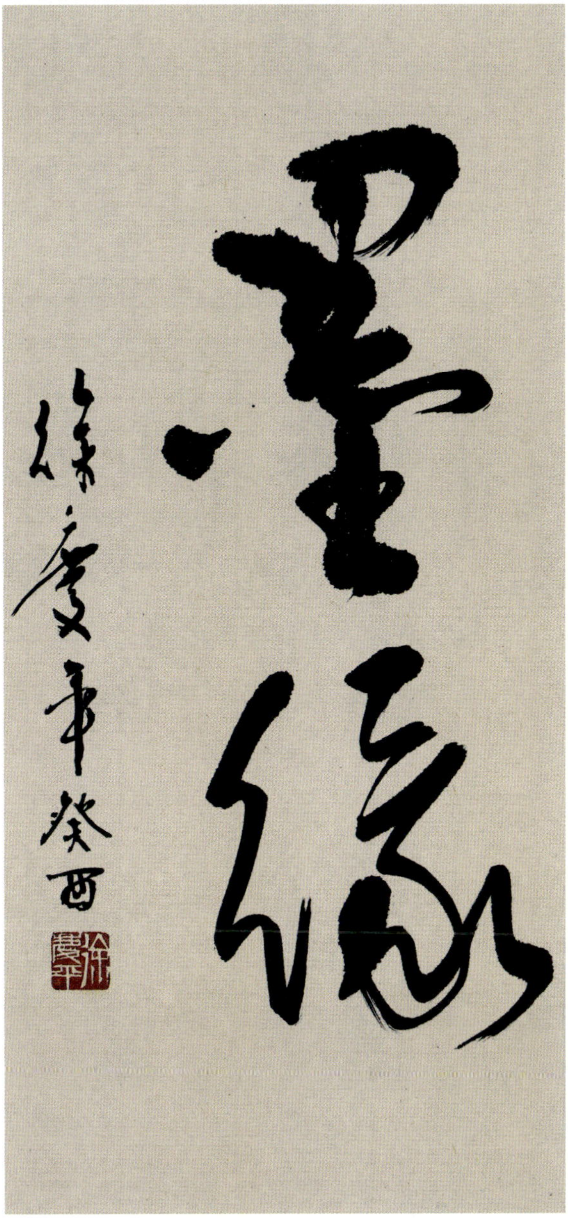
行书　徐庆平

与潘公凯先生合影于潘天寿纪念馆

与齐良迟先生合影于齐白石纪念馆

潘天寿先生之子——著名画家、原中央美术学院院长潘公凯先生，两次对我的画作进行悉心指导。他那渊博的理论和谦和的学者风度让我印象极深。

还得提及的就是与齐白石大师之子齐良迟先生的缘分。第一次见到齐先生，是在 1995 年的冬天，那时他已经 70 多岁了，戴着茶色的眼镜，没有蓄胡子，和蔼可亲、平易近人。我登门拜访，自我介绍说来自福建诏安，那里盛产荔枝。他一下子来了兴趣，很热情地招待我，关切地询问荔枝的生长、采摘情况。我绘声绘色地描绘荔枝的形态、颜色，先生甚感兴趣。我也向先生讨教了很多知识，触动很大。临走前，兴致极高的他为我题写了“格在梅以上，品在竹之间”。再次见到齐先生是在创作现场，那时父亲与沈柔坚、孙菊生、王耀亭等前辈共同创作了《湖园佳趣》，邀请齐先生补笔。他在画作上画了荔枝及枝干，所画的荔枝色彩绚丽、栩栩如生、娇艳欲滴。

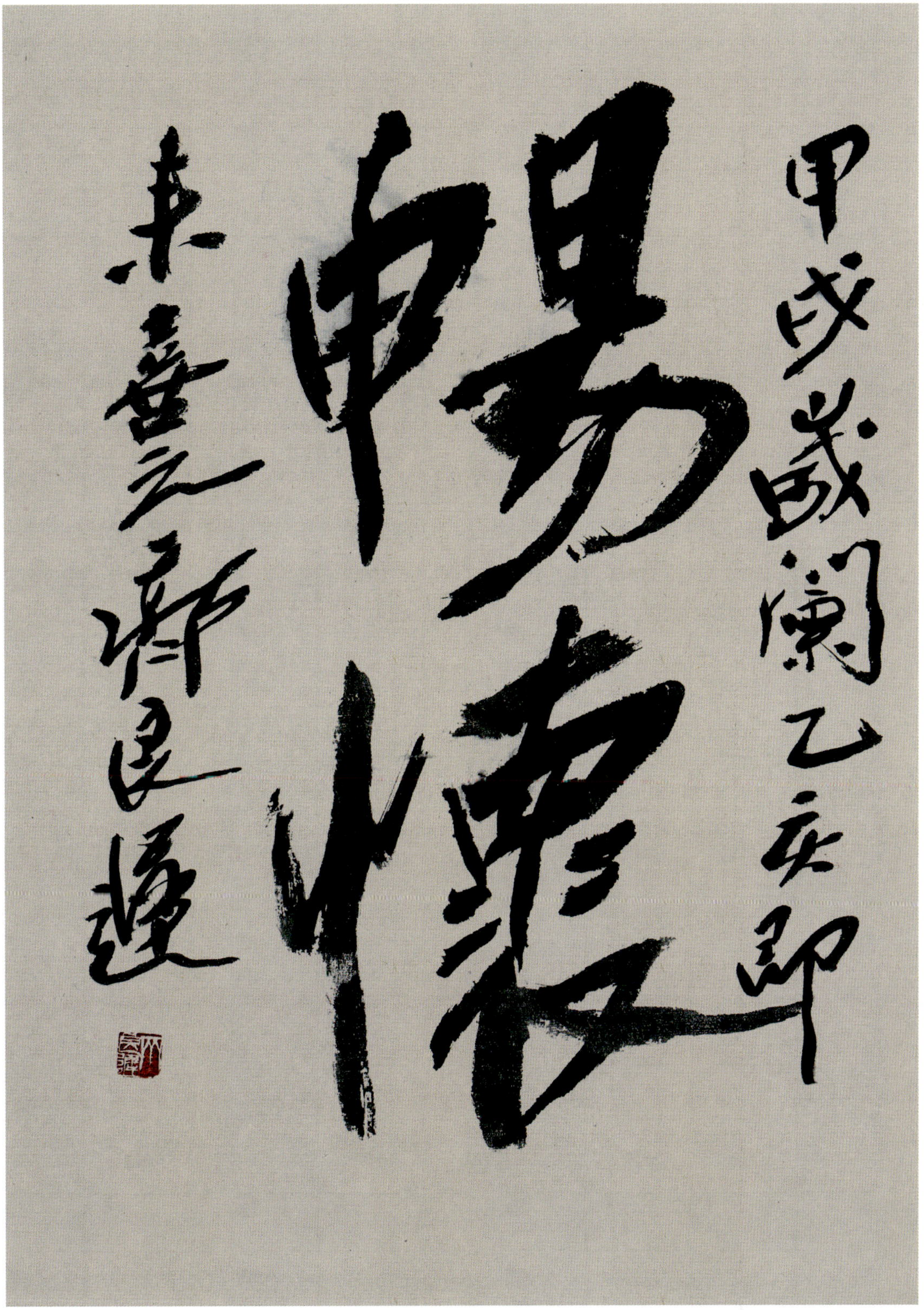

行书　齐良迟

岭南无地不春分

——我记忆中的岭南画派大师

岭南画派是海上画派之后崛起的体系最成熟、影响最大的一个画派，也是岭南文化最具特色的元素之一，和粤剧、广东音乐被称为“岭南三秀”。岭南画派还是中国传统国画艺术中的革命派，诞生了众多知名书画大师。我有幸得到了黎雄才、胡一川等大家的指点，也是非常幸运的事。

黎雄才先生是岭南画派的代表人物。1992 年春天，一次偶然的机会，听老家诏安的朋友介绍说，他认识黎大师，也知道他家的地址。求师心切的我就启程前往广州，那时

与黎雄才先生合影于广州黎老画室

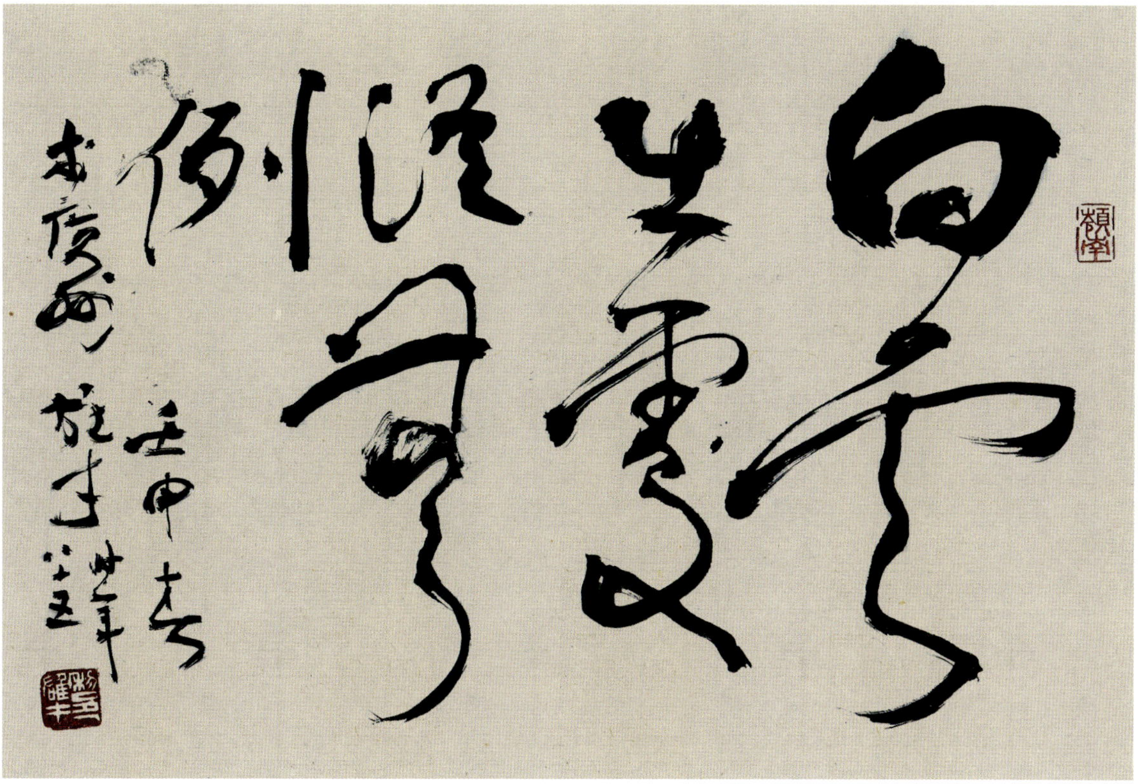

行书　黎雄才

还没有高速，坐了十多个小时的大巴车，在下午时分到达广州，好不容易才找到黎老的住所。我敲开门，见到一位很有艺术气质、满头白发的老者，心中暗想，面前的老者应该就是黎老。我向黎老介绍了自己，说明了来意。黎老看看我，不紧不慢地说，诏安是出名的书画之乡，他认识父亲沈锡纯和族兄沈柔坚。黎老看着我稚嫩的脸和求知若渴的样子，问道："我能帮助你什么？"见到黎老亲切和蔼的样子，我向黎老汇报了我的成长经历和近期的画作情况。当我谈及在武夷山区生活经历的时候，黎老说，他向往武夷山许久，那里山清水秀，富含文化底蕴，可惜一直没有成行。黎老认真欣赏我带去的画作，对武夷山水画特别感兴趣，说我的画很有福建的地方特色，大局上很不错，细节还可以进一步雕琢；福建广东画风相近，可以互相借鉴吸收。我们聊了很久，黎老还为我写了书法，为我这小老乡的真挚感到高兴，并在书房中合影。现在，那张有些泛黄的照片，已成为弥足珍贵的记忆。

与胡一川先生合影于广州美院

岭南画派的另一位大家——胡一川，是福建永定人。与他相识和结缘，缘于他早年曾与父亲一起在颐和园作画，再加上是福建老乡，更亲切。小时候就听父亲说到胡老的艺术造诣，于是登门拜访当面求教，一直是珍藏心底的愿望。1992年的夏天，我带着父亲的亲笔信，赴广州美术学院拜访胡老。那时胡老已经八十有几，头发稀疏，戴着黑框眼镜，很有学者的风范和艺术大家气质，带着比较浓厚的闽西口音。看到来自福建的小老乡登门拜访，他露出满意的笑容，让我感到特别的亲切，没有太多的拘束感。我们聊了闽西的发展变化。胡老告诉我，他早年参加革命工作，在延安待过，赞许我行万里路不断学习请教的劲头，建议我汲取众家之长，多创作，总会有精品画作。谈到作画的灵魂，他认为要胆大心细。临走之前，胡老特意提笔，赠我了“剑胆琴心”四个大字，勉励我不断进取。胡老有一句很有名的口头禅：“做人要老实，作画要调皮。”与他短暂的交流中，我深切体会到这一点。“调皮”的目的是达到自由、达到真性情，但在做人真假之间不能“调皮”，要真实、真诚、质朴。胡老不仅对艺术如此，为人处事也是如此。

岭南画派还有诸多大家，他们的艺术风格给予我很多的启迪。注重写实、用笔直率、色彩明丽、造型逼真，这些都是我创作的重要原则。

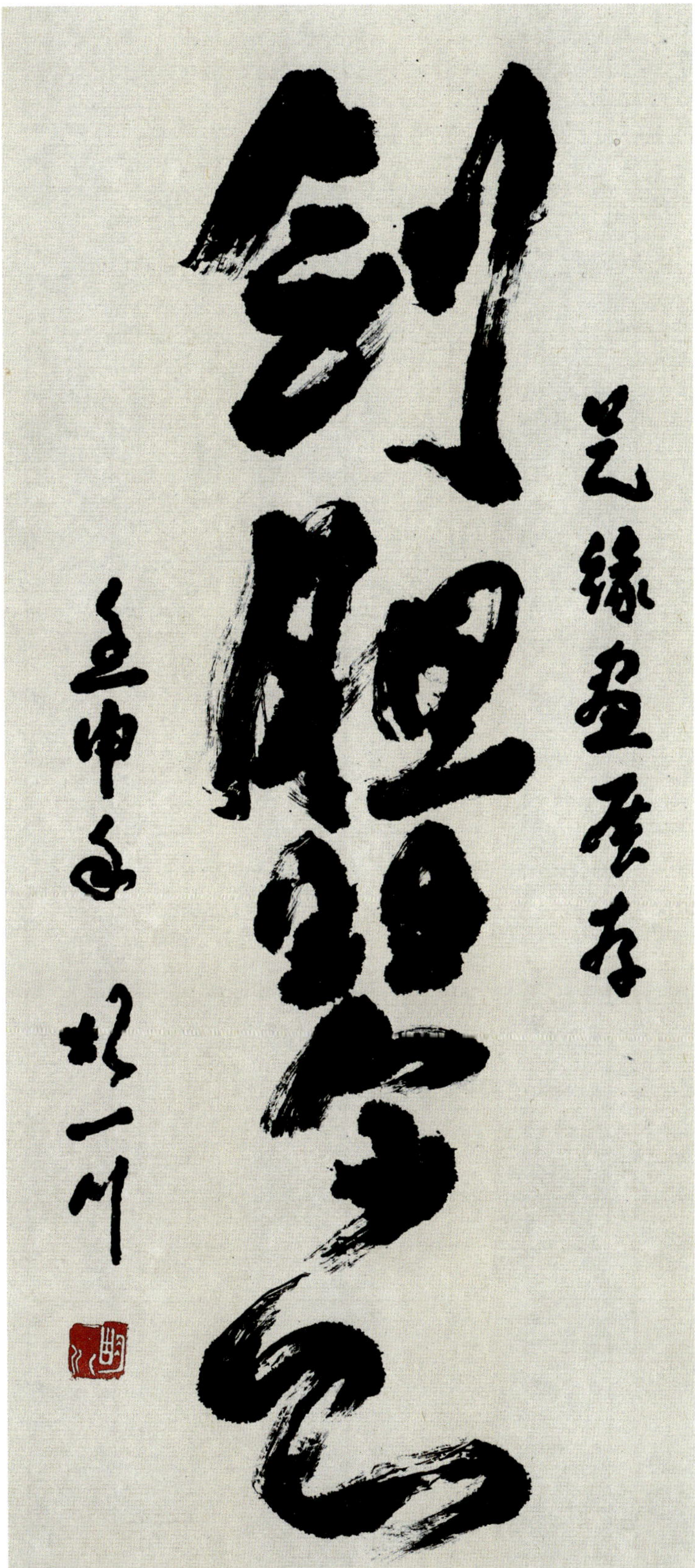

行书　胡一川

金陵佳处自无穷

——记与金陵画派大家的交往轶事

闳约深美，来源于清代张惠言的《词选序》：“自唐之词人……温庭筠最高，其言深美闳约。”“闳”就是知识要广阔，“约”就是在博采的基础上加以慎重的选择，“深”就是钻研精神，“美”就是最后达到完美之境；要求为学者要有宽阔的心胸和眼界，要有广博的知识、坚定的目标、崇高的艺术理想、百折不回的求学精神，向着艺术高峰永无止境地跋涉攀登。在我的记忆中，金陵画派的诸多大师，都以“闳约深美”自勉，志存高远，心系艺术，生命不息，奋斗不止。

在我认识的金陵画派大家中，印象最深的当属钱松喦先生。我刚涉足书画的时候，就听父亲提到钱老的大名：他与傅抱石等大师不断致力创新，形成了独具一格的艺术风格，是金陵画派的领军人物之一。1982 年冬天，我慕名前往南京去拜访钱老，在玄武湖畔钱老寓所中见到他和林散之先生。那时钱老已是耄耋之年，身体欠佳，在家休养。接待我的是他女儿钱心梅女士。当我向她说明了来意和个

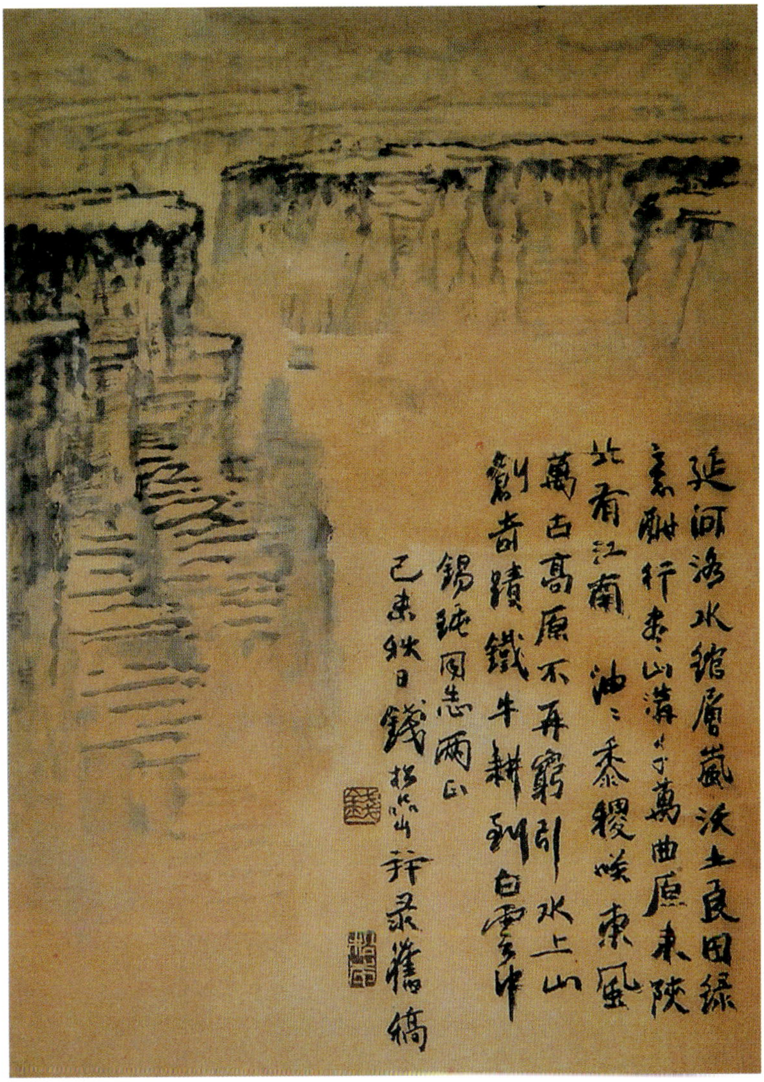

山水　钱松喦

人情况后，钱老答应接见我。当时我拿着画作，到床前请教。钱老专门向我讲解了金陵画派的艺术特点，谈到了画作的创作要旨。我们还聊到了老家诏安走出去的画家。我认真聆听钱老的教诲，拿出画作请他点评。钱老一幅幅地翻看着，当看到我画的粉红色菊花时，他连连点头称赞："画得好，菊花的花瓣变化多，结构布局合理，足见画画的功底，但不够放开，略显拘束。"钱老建议我多看多读多理解，师法古人也要师法自然，不断创新，"人可老，画不可老，要日日新"。钱老兴致较高，下床与我合影，还来到画室，拿起画笔在我的菊花图上添了几笔。他寥寥数笔让整幅画作厚实了许多，更显意境。

1983 年在南京与钱松喦大师合影

与亚明先生合影于南京

另一位金陵画派的大家——亚明先生，是“新金陵画派”的中坚、推动者和组织者。他早年曾任美术记者、编辑、主编及画报总编，长期担任江苏省美协主席、省国画院党组书记兼副院长等职，曾隐居太湖“近水山庄”，深居简出，苦心研艺。1999 年，机缘巧合，我有幸看亚明先生与宋文治先生一起现场作画，看着他挥毫作画的神情态势，还有栩栩如生的作品，惊叹不已。亚明先生看了我的画作后，给我提了很多中肯的意见，建议我年轻的时候多练工笔画，练足功底，多看多读，多写多画，既要“外师造化”，也要“中得心源”。亚明先生的一席话，给了我很大启发。

金陵画派中的陈大羽先生，被称为“一代名家”， 民间有“白石虾虫悲鸿马，可染水牛黄胄驴，苦禅老鹰大羽鸡”的说法，可见他的艺术成就。他是齐白石的得意门生，在大写意花鸟画中最引人注目的就是他画的鸡。据说陈老画鸡与齐白石的鼓励是分不开的。当年他曾呈一件《雄鸡图》请恩师齐白石教正，大师仿佛看出了他的未来，遂命笔在《雄鸡图》上写下：“有此画鸡之天分，天下人自有眼福。况天道酬勤，大羽弟应得大名。”为了画好鸡，陈老曾画过习作上万张，通过扎实的苦练，不懈的追求，终于称为“一代名家”。在先生的有生之年，我专程前往南京拜访陈老，得到了他的指点，见识了他豪爽的个性，还有富有亲和力的人格魅力。陈老还为我写下了“不经几番寒霜苦，哪得梅花清香吐”。这幅手迹凝聚着陈老对年轻人的一番心意，被我一直珍藏。

与陈大羽先生合影于陈老画室

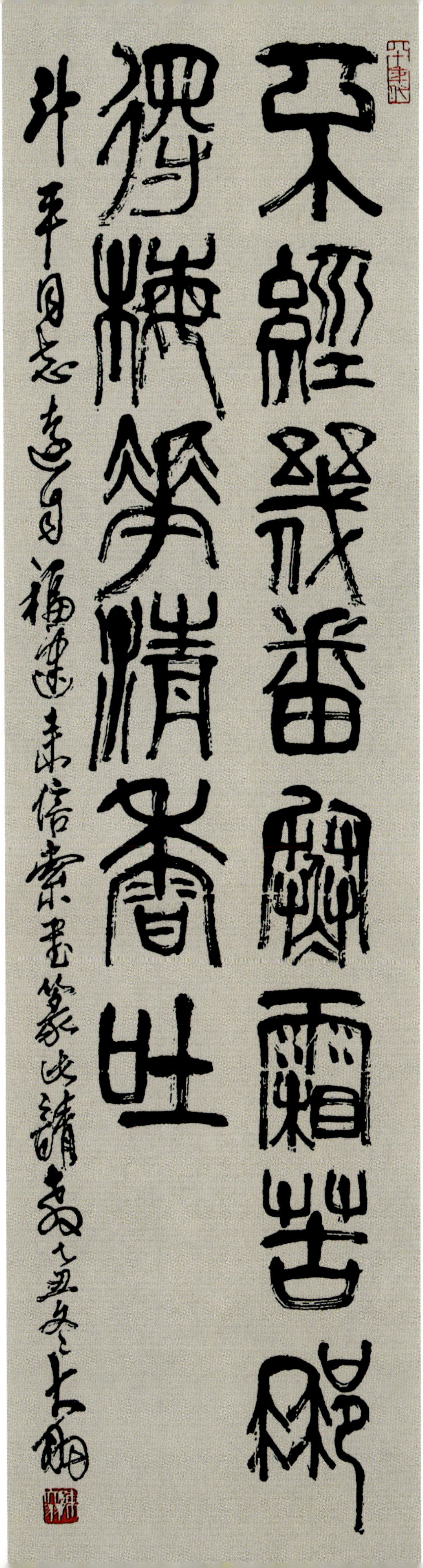

篆书 陈大羽

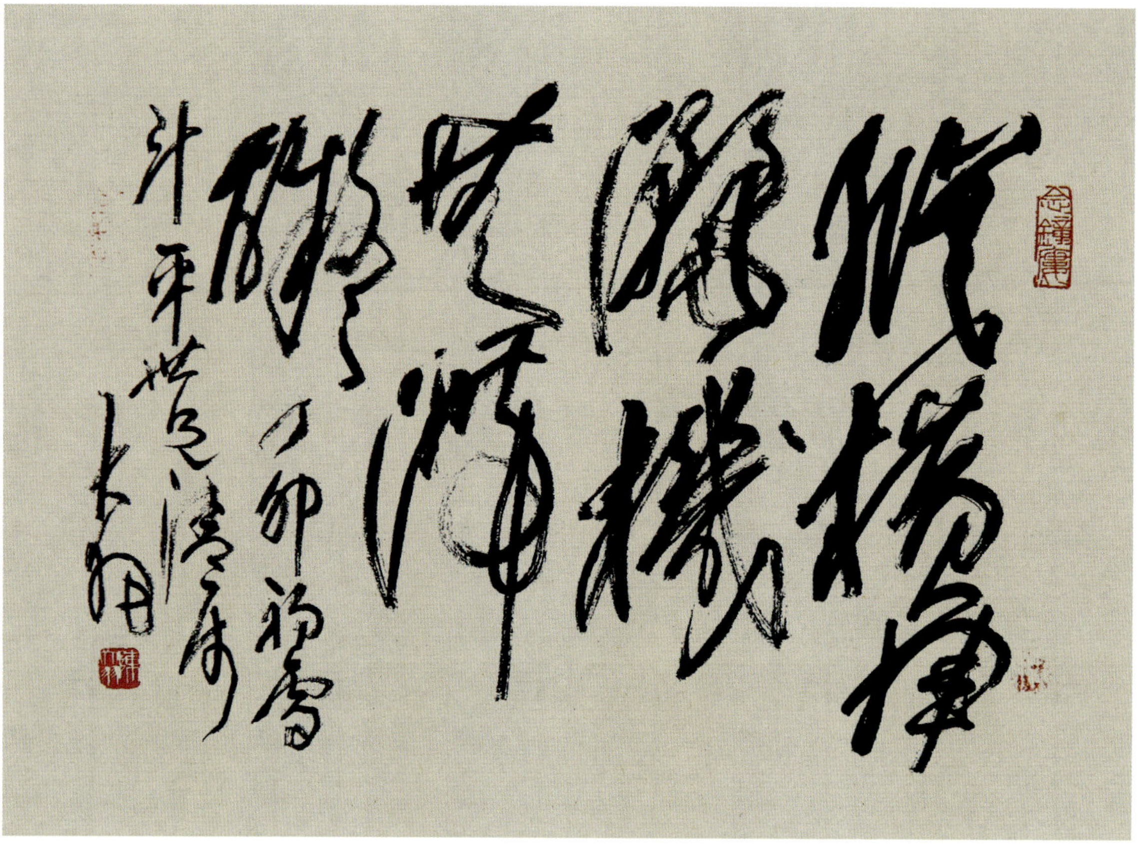

草书　陈大羽

与谢海燕先生及夫人合影于南京艺术学院

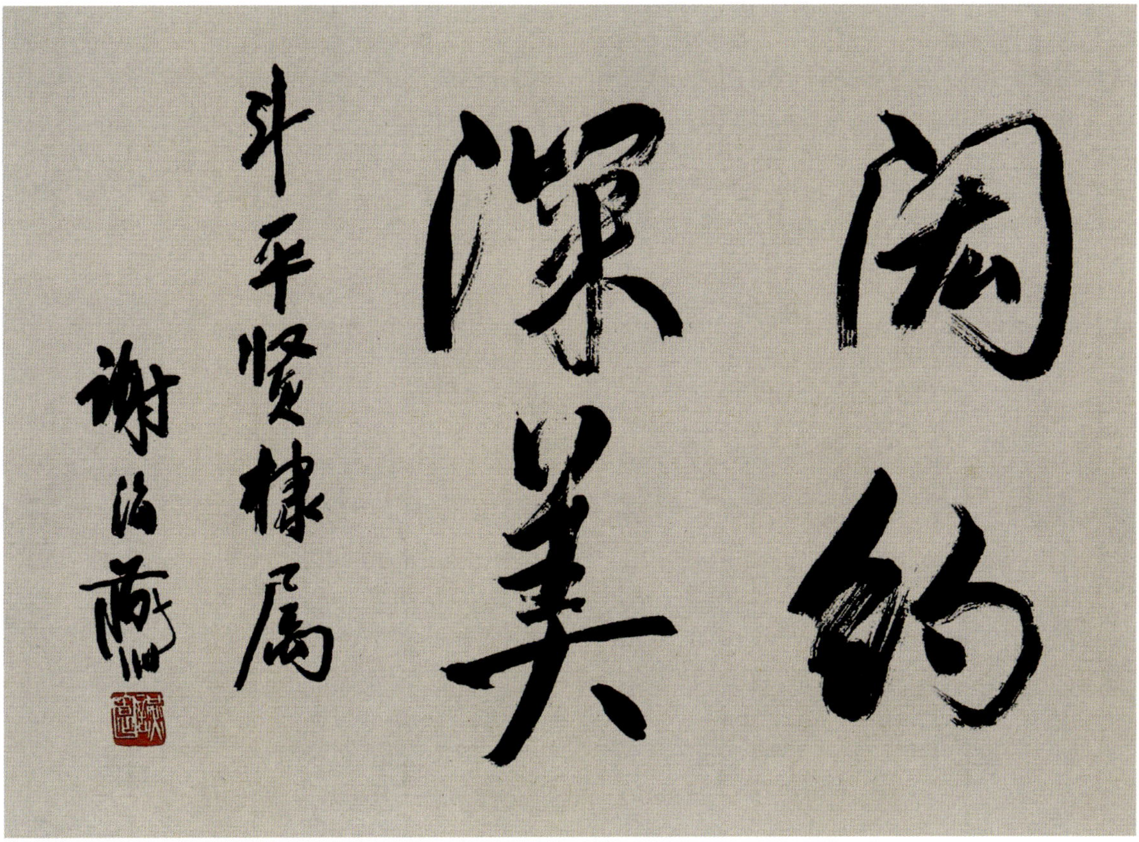

行书　谢海燕

我结识的金陵画派中，还有一位书画教育大家——谢海燕先生。谢老长期从事艺术教育，孜孜于绘画和美术史论教学研究，绘画创作以中国画为多，其艺术富于生活气息，情意连绵，深邃典雅，别有玄旷之致。我曾在谢老的寓所中向他夫妻俩请教美术理论知识和创作技艺。谢老耐心地为我讲授美术知识要点、绘画要素以及结构布局等内容。他教书育人，不管学生出身如何、家境如何，他都循循善诱，关爱每一个学生，服务每一个学生。我们还谈到了刘海粟的艺术造诣和创办南京艺术学院的往事。在临走前，谢老为我题写了“闳约深美”四个大字。我知道这是南京艺术学院的校训，谢老用这四个字相赠，是希望我能够博学多识，树立坚定的目标，以百折不回的求学精神，永无止境地攀登艺术高峰。这给了我很大的鼓舞和鞭策，使我时刻惦记着“闳约深美”的深刻内涵，并以此为标杆，对绘画事业矢志不渝。

行过西泠有一枝
——与西泠印社两位老师的交往

西泠印社是海内外研究金石、书画历史最悠久、成就最高、影响最广的民间艺术团体，有“天下第一名社”之美誉，也是书画艺术工作者心目中神圣的殿堂。我从事国画艺术以来就对它充满着向往。因此，与西泠印社郭仲选先生、陆抑非先生两位恩师的交往尤其让我难忘。

1986 年我第一次到杭州的时候，遇到了当时任教于浙江美术学院的王冬龄先生，从而得以结识时任西泠印社常务副社长、当代中国书坛具有代表性的书家之一郭仲选先生。按照王先生提供的地址，我在解放路一幢公寓里找到了郭老的家。开门的正是 70 多岁、身材高大、头发苍白、气质儒雅的郭老。他一面仔细端详着我这陌生的访客，一面听着我自报家门。介绍完毕，老先生热情地请我到画室座谈。我禀明来意，说准备在西泠印社办画展。郭老说，能否让我看看你的画作。我毕恭毕敬地打开三幅。郭老看完很满意，热情地说我来给你题词，然后很快题写了“挥毫列锦绣、落纸如云烟”几个龙飞凤舞的大字。面对这么

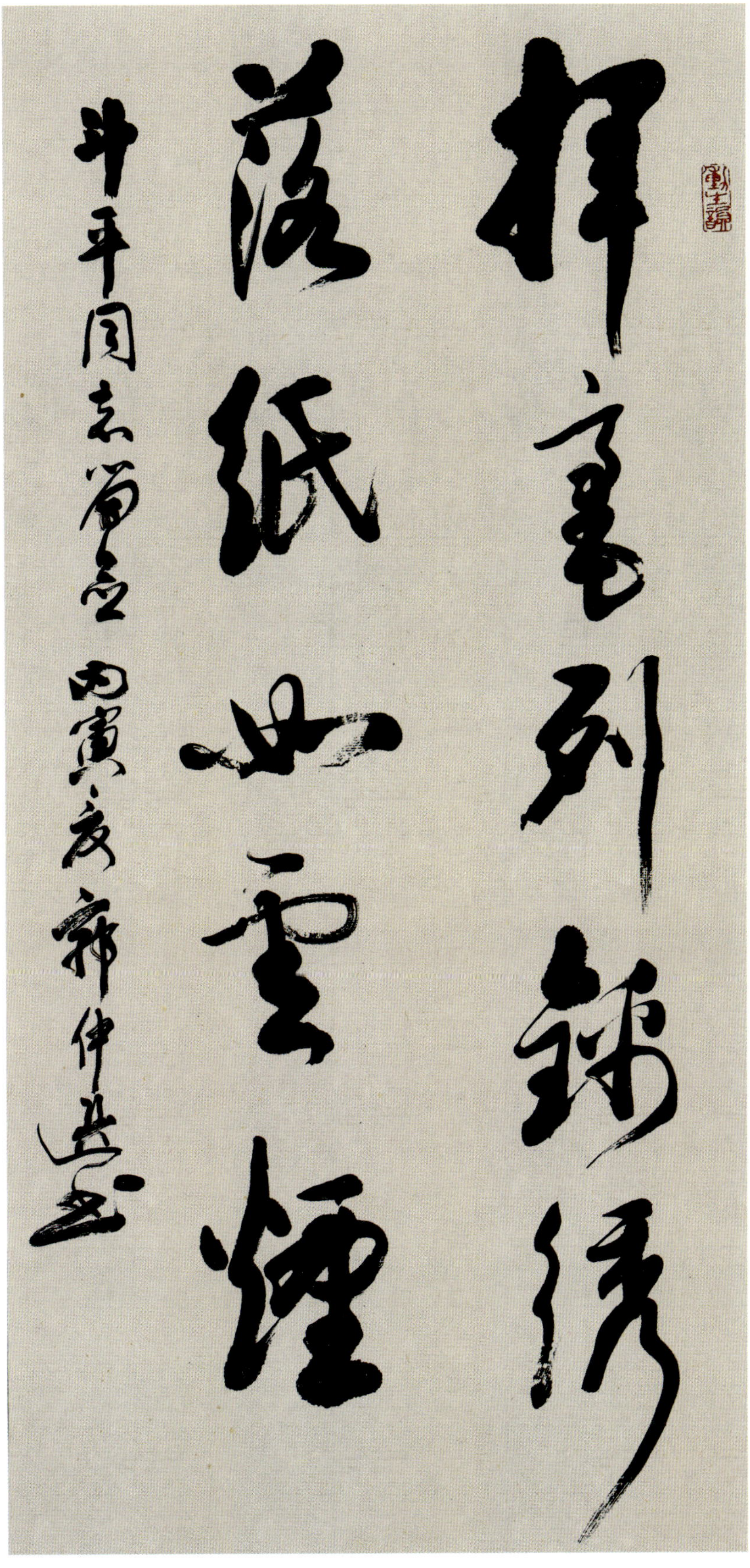

行书　郭仲选

与陆抑非先生、郭仲选先生
及王伯敏先生在西泠印社

高的评价，我赶忙说："郭老师，您太过奖了！"郭老说："年轻人有你这种闯劲不容易，达到这样的艺术水准更不容易。我一定到画展现场去学习学习！"果真，1987年我的个展在杭州西泠印社开幕当天，郭老不但如约而至，而且整个上午都在现场指导，向来宾推介我的画作，为整个画展增色不少，更给了我莫大的鼓励和信心。之后，我又几次拜访郭老，郭老每次都在百忙之中与我见面。他对福建山水和福建艺坛很有感情，称赞福建出了诏安画派等代表性流派和为数不少的大家。郭老毫不吝啬地给我悉心指点和帮助，没有一点大家的架子，让我感动、感恩。他为我所作的题词，成为我的艺术理想，更是鞭策我不断前行的动力。

还有一位我不能忘却的就是对我关爱有加的陆抑非教授。陆教授是杰出的中国花鸟画大家和卓越的美术教育家，曾任中国美术学院教授、研究生导师，西泠书画院副院长、顾问。陆教授是中国美术学院的品牌，年高德劭，德艺双馨。朋友们说如果他能出席我的画展，一定会让画展增色不少，我就斗胆敲开了位于南山路浙江美术学院宿舍内陆教授家的大门。

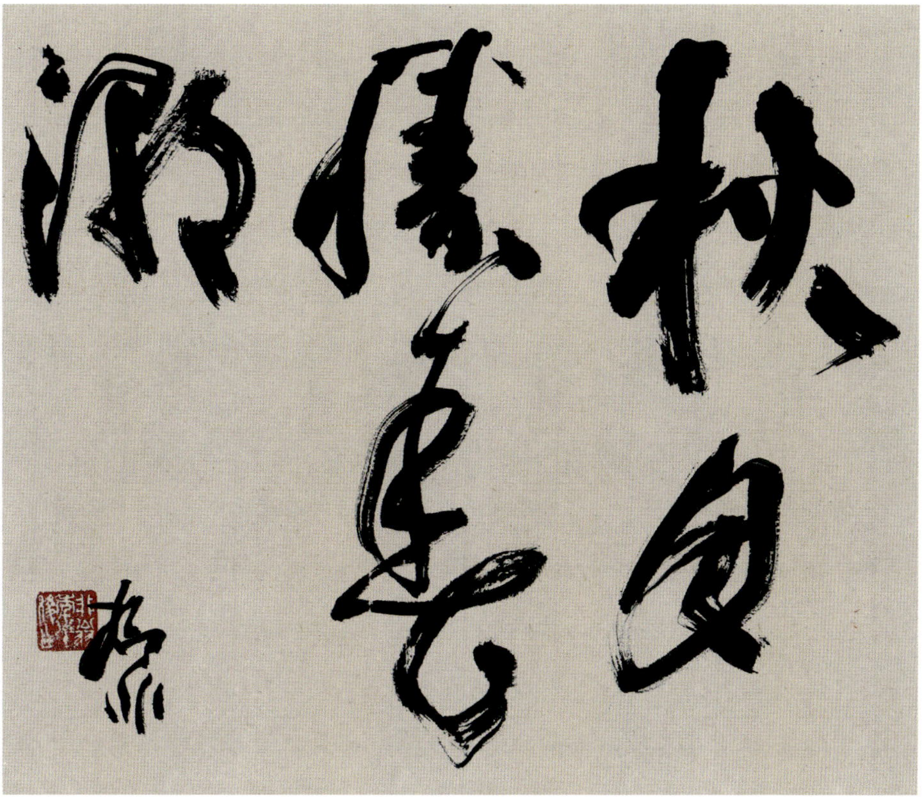

行书　陆抑非

陆教授果然是一位非常豪爽幽默的大家，我还没进门就听到了屋内的阵阵笑声。开门的正是陆教授，他前额很亮，戴着眼镜的双眼炯炯有神，留着飘逸的长胡须，个子精瘦，声音洪亮。陆教授一听我说明来意，就爽快地说："福建和浙江是邻居，不但风俗相通，而且画风接近，都具有南方的细腻、清新、俊逸风格。你是我认识的第一位福建年轻画家，你的画展我一定会去。"他还欣然为我的画展写下"秋月胜春潮"的题词。不久后，陆教授如约出席了画展并为画展剪彩。那天，参观画展的观众达到 2000 多人，位于西湖中心地段的西泠印社展厅热闹非凡。老师们喝着福建的岩茶，欢声笑语充满画展现场。陆教授对我作品的用墨、用色给予了细致的点评，鼓励我用笔上再大胆些，处理上再精确些，该粗的粗、该细的细。陆教授还接受了杭州电视台的现场采访，谈了自己对画展的看法，对我的画作给予了充分肯定。当天中午，陆抑非、郭仲选、王伯敏、叶尚青、周沧米等前辈还参加了我们的聚餐。画坛耆宿与新人畅谈画展的感想和艺术的感受，恍惚有种惠风和畅、群贤毕至的感觉。回想起来，大师们给予我这个后辈不求回报的无私关怀、艺术上的悉心指点，让我终生难忘，使我时刻不敢放松艺术上的追求。

与田世光教授

与中央工艺美术学院田世光教授合影于北京

田世光先生是中国美术家协会会员、现代工笔花鸟画名家，曾任中央美院教授、北京工笔重彩画学会副会长、中国画研究院第一届院务委员。他长期从事花鸟、山水画创作，继承了宋元派双勾重彩工笔花鸟画的优良传统技法并赋之予新的时代精神。我和田老有过三次书画缘，每次他都对我的画艺给予精心指导。他为人谦和，给人的关怀总是无微不至，正如他细腻的画风一样给人如沐春风的感觉。田老在看完我作品后的两次现场示范让给我受益匪浅，帮助我更好地把握画风上细致与严谨的尺度而避免陷入拘谨的误区，尤其他设色对比强烈，启发我在用色上有过质的飞跃。

山水　田世光

竹　田世光

与王朝闻先生

与王朝闻先生合影于北京

王朝闻先生曾任中国美术家协会副主席，他是卓越的文艺理论家、美学家、雕塑家、艺术教育家，新中国马克思主义文艺理论和美学的开拓者与奠基人之一。我与王老相识是在20世纪90年代。他老人家个子不高，人很健谈，对福建画坛颇有感情，尤其是对福州鼓山摩崖石刻如数家珍，一路娓娓道来如同本地人一般，可见其学识涵养之深。王老还鼓励我要多从北派书画和西方美术当中汲取营养。当时我才三十出头，深深感觉到王老在提携后进方面真可谓不遗余力。

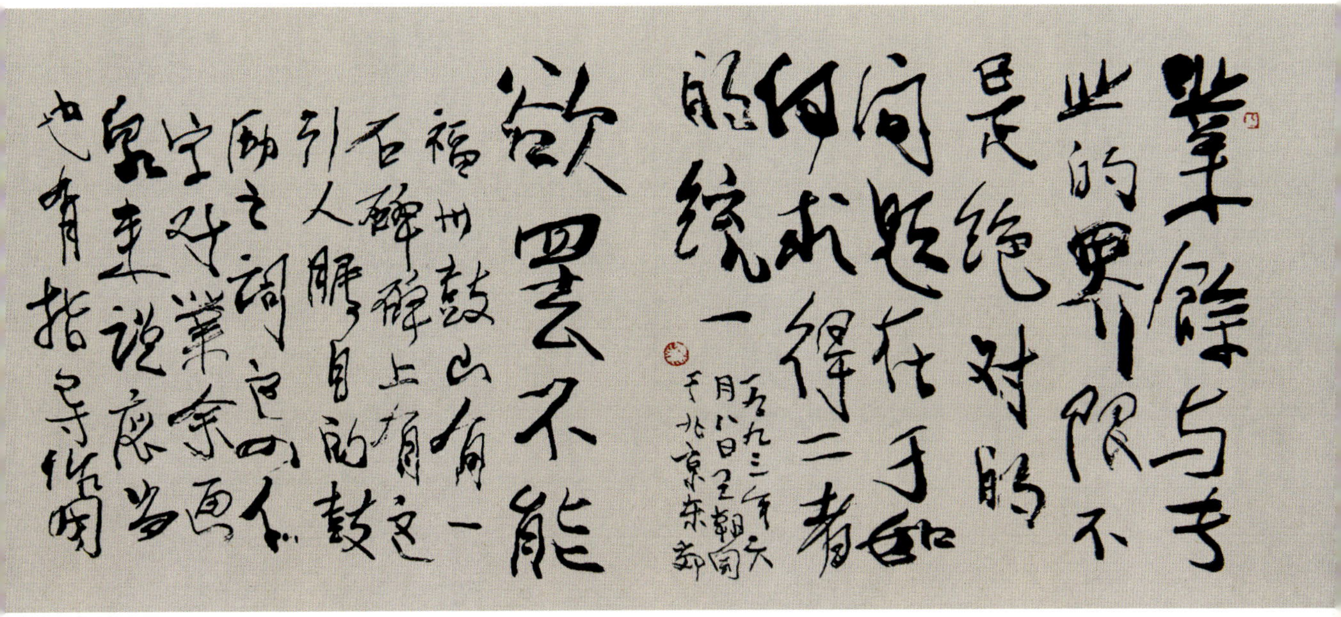

草书　王朝闻

与吴山明先生

与中国美术学院教授、浙江开明画院院长吴山明先生合影

吴山明先生是著名国画家、中国美术学院国画系博导、中国美协理事、浙江省美协副主席、杭州美协主席、西泠画院院长。吴先生是我的老朋友了，1987 年我第一次在杭州举办个展的时候就拜访过他，当时他才 40 多岁，很有学者风度。他对福建画坛的情况有所关注，对家父也有所了解。相谈甚欢之余，吴先生对我的作品给予充分肯定，认为作品清新自然中流露出武夷山水的天趣。1987 年、1989 年两次我在杭州办画展时，吴先生都热情地为我题词祝贺，给我莫大的鼓舞。转眼到了 2009 年，吴先生以浙江民进开明画院院长身份，我以福建民进开明画院理事的身份，在民进中央开明画院再度相逢。久别重逢，吴老对我印象深刻且备感欣喜。作为民进中央开明画院的创办者，他亲切地为福建民进开明画院的建设提出了许多宝贵的指导意见。

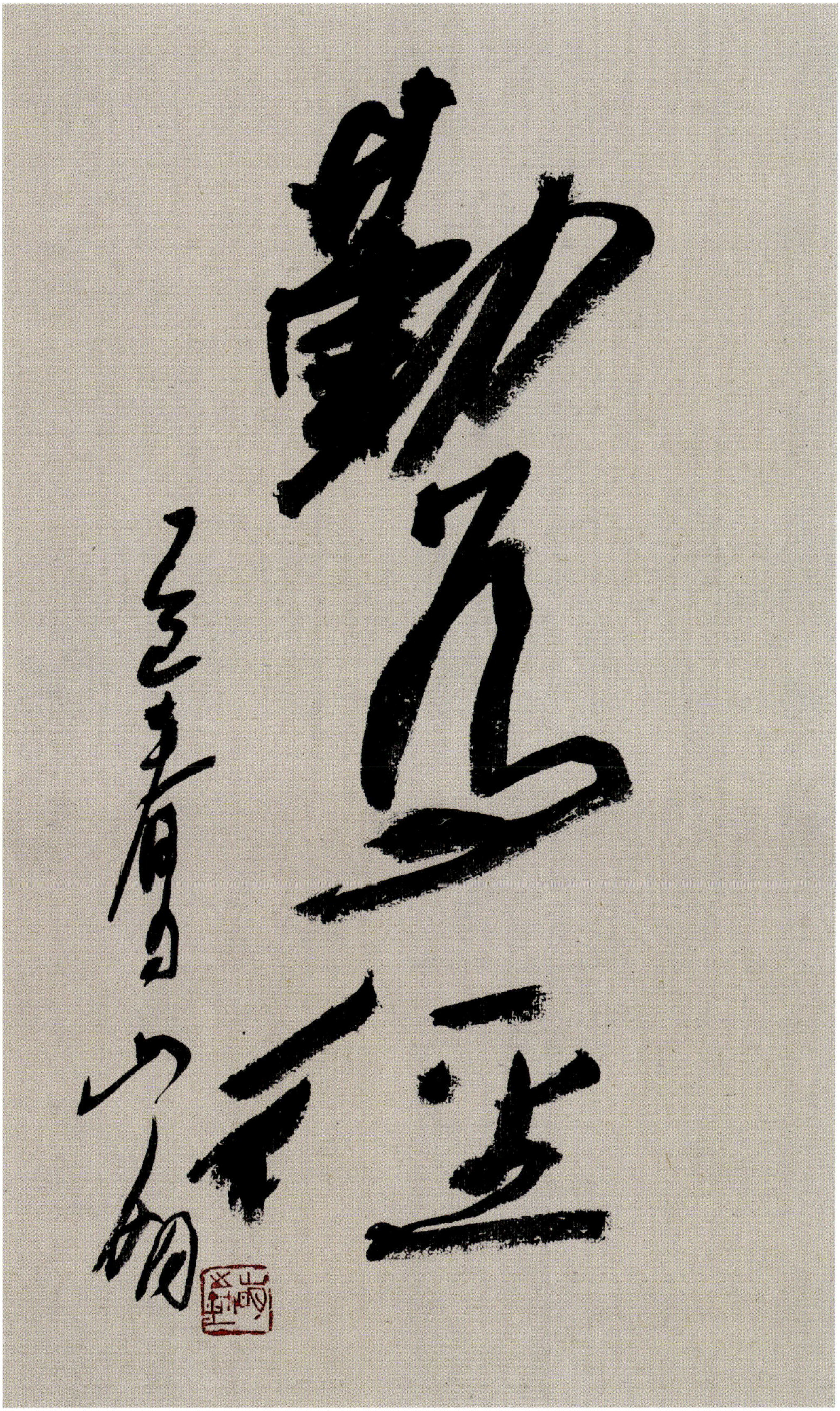

行书　吴山明

与孙其峰先生

与天津美术学院教授孙其峰先生合影

孙其峰先生是当代著名大画家和美术教育家，他擅长山水、花鸟、书法、篆刻，兼通画史、画论，尤其写意花鸟画在全国形成独树一帜的“孙氏风格”。孙老曾任天津美术学院副院长、天津市书法家协会副主席、中国美术家协会理事、中国书法家协会理事等职，享受国务院特殊津贴。每次到北京我都会绕道天津去拜访孙老。孙老写意画在用墨上非常大胆，墨色的层次感很丰富；而他画的鸟儿则是栩栩如生，勾勒鸟儿动态的技法给予我很大启发。孙老为人豪爽，不以大家自居。他两次为我画水仙花，还说：“这是你们福建特有的一种花，你们福建花好，人也好。”这让我终生难忘。

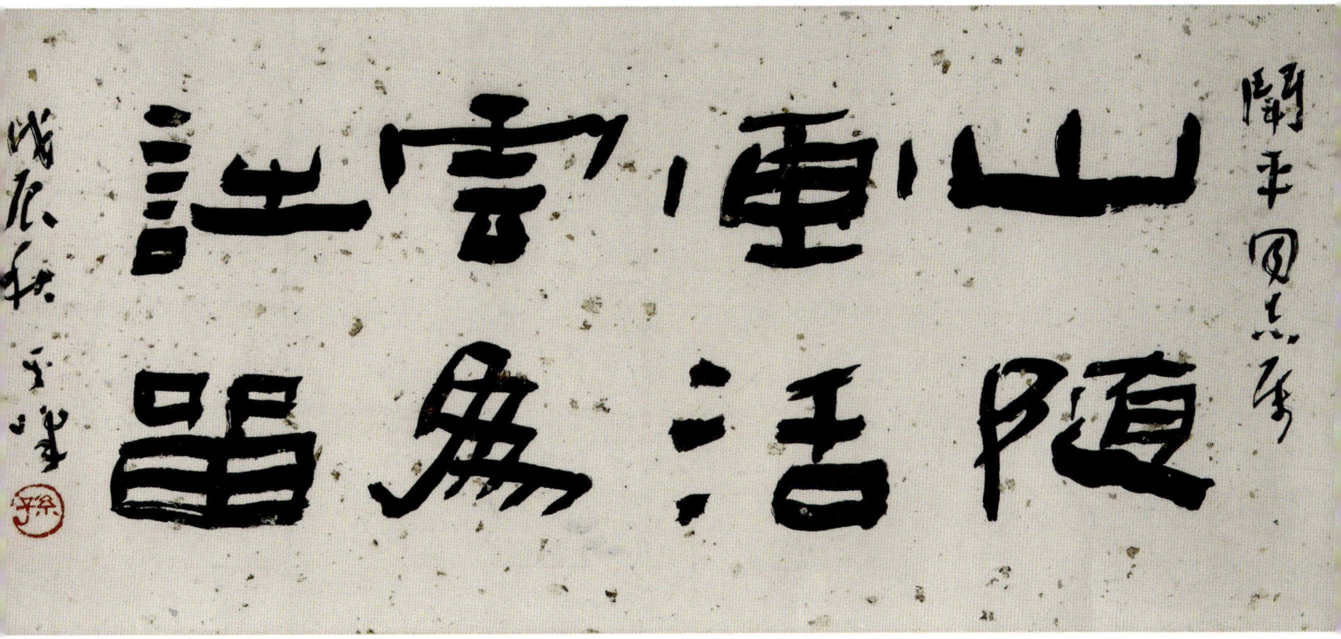

隶书　孙其峰

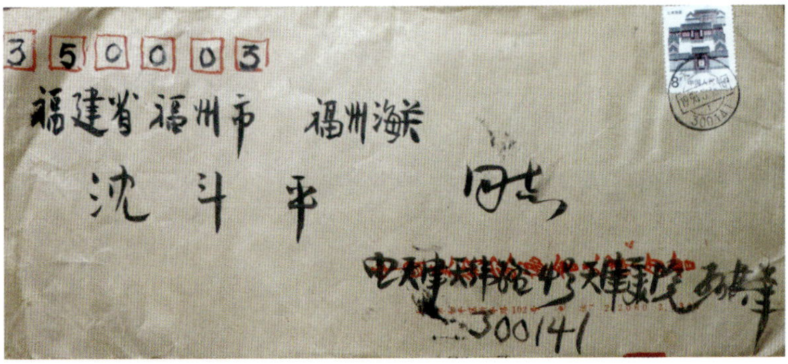

信笺　孙其峰

与高冠华先生

中央美术学院教授高冠华先生在中国美术馆参观“沈斗平画展”

高冠华先生是我国当代著名书画艺术家、美术教育家，生前为中央美术学院教授、中国美术家协会会员、中国画研究院终身导师，曾任中国书画社社长、中国手指画研究会常务副会长、世界书画家协会加拿大总会副会长等。高老是潘天寿先生的入室弟子，也是一位造诣深厚、功底扎实、修养全面、诗书画兼长、风格独特、颇具创意的写意花鸟画大师。

我和高老结识于中央美院，之后每次到京必去拜访，前后有缘面聆其教诲不下5次。高老不但学识渊博，而且风趣开朗，每次见面都热情地对我的画作给予点评和鼓励。记得我在中国美术馆举办个展的时候，他们夫妻两位早早就到场，对我的作品一件一件认真观看、细细点评，指出不足。作为写意大家，高老曾鼓励我在创作中放开束缚、大胆创新，还不吝传授创作要领，对我逐渐实现由工到写的蜕变产生深远影响。

行书　高冠华

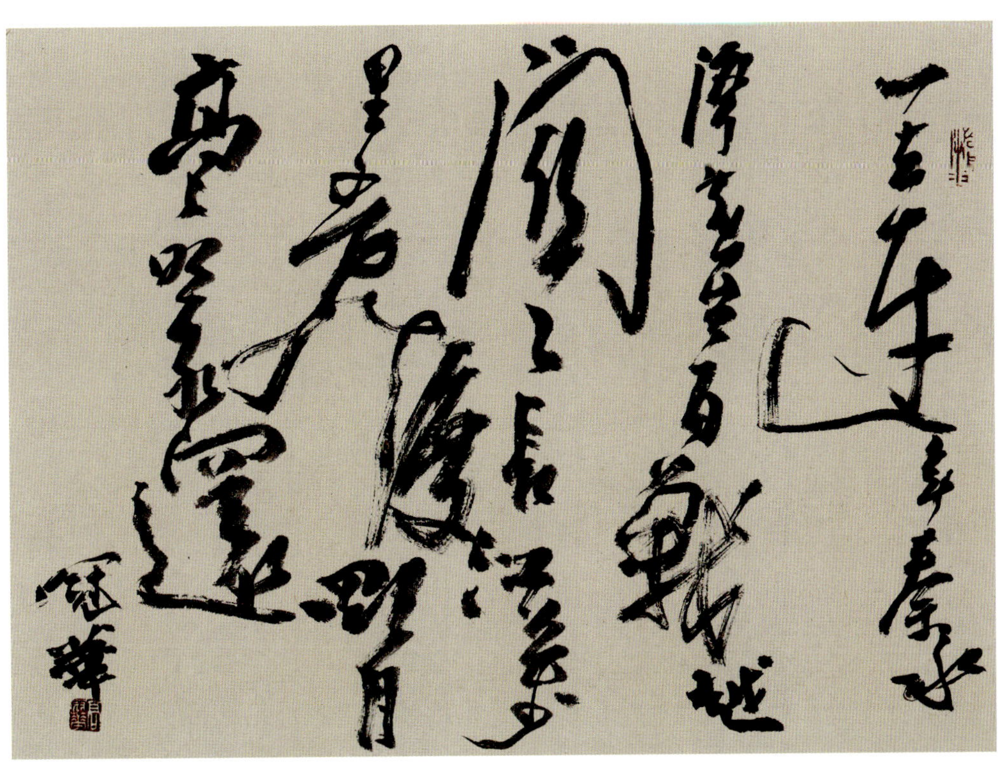

草书　高冠华

与石开先生

与石开先生合影

石开兄是生于福州的艺术名家，他擅书法、篆刻、绘画、诗文，曾任全国中青年书法篆刻展评委、全国篆刻展评委、全国楹联展评委等。石开兄是中国印坛顶尖人物，其印风影响当代印坛。我与他的交往始于 20 世纪 80 年代中期。1989 年我们福建省直机关青年书画家协会成立时，石开兄给予了很多辅导与鼓励。他写给我的这张印谱是他的成名之作。记得当时在我狭小的画室内，他挥汗为我书写了边款，并为我第一本画册作序、推荐。那情景至今历历在目。石开兄的书法富有表现张力和强烈的个性色彩，在取法明清一路的当代书法家中，他无疑是最具原创性的一位，而这也正契合他为人真诚、直率、侠义的个性。

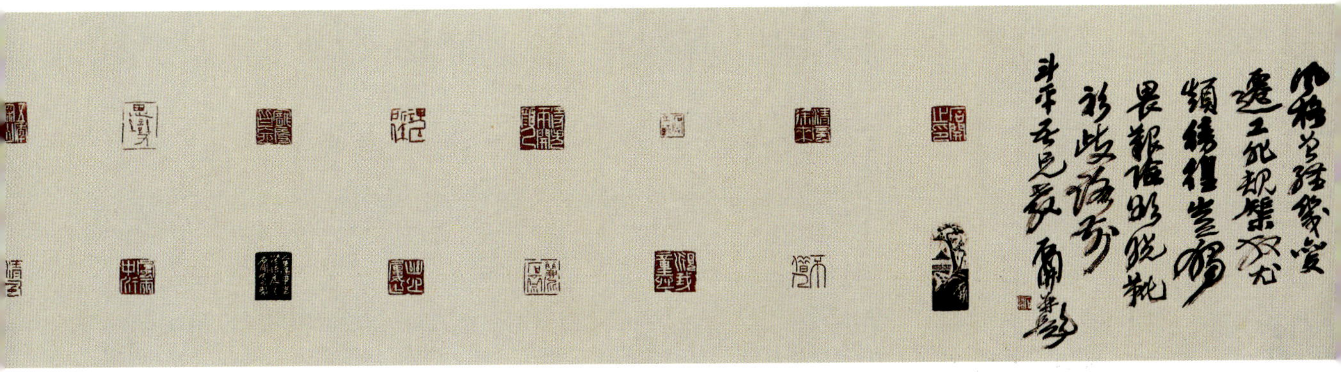

篆刻　石开

篆刻　石开

篆刻　石开

与陈一峰先生

与原福建省美术家协会主席陈一峰先生合影

陈一峰先生长期担任中国美术家协会理事、福建省美术家协会主席，是国家一级美术师和享受国务院政府特殊津贴的专家。一峰兄主要从事国画、水彩、水粉画创作，主攻山水、人物，尤以国画山水见长，在福建画坛享有盛誉。一峰兄是一位德艺双馨的大家，对我们青年书画家的很多活动都给予无私的关怀和支持，在我的艺术成长过程中也给予了很大帮助。每次和他进行学术交流他都毫无保留地把心得和盘托出。他为人谦和，乐于助人，对年轻人悉心指导。久而久之，我们就成了忘年之交。

行书　陈一峰

富贵长春　陈一峰等

与秦岭云先生

与著名画家秦岭云先生合影

秦岭云先生是中国美术家协会会员，曾任北京山水画研究会艺术指导、北京美术学会理事、中山书画社副社长、炎黄书画院副院长等职。他以半个多世纪的时间从事美术教育、编辑、考古、研究和绘画工作，是一位用功极勤的中国美术遗产整理者、介绍者和传承者。秦老专攻中国山水画。他刻苦钻研了古代和近代的绘画理论和名家作品，对两宋的山水画以及宗教艺术接触最多，在创作中师造化、重传统、艺融古今，是一位很有独创性的国画艺术家。我在秦老位于北京双渝树附近的寓所里两次拜访了他。秦老个子不高但很精神。他家的画桌不大但画毯上积满了墨汁，一看就是位非常用功的大家。秦老说中国山水画与花鸟画有很多相通的地方，叮嘱我想画得好就一定要多到自然界去写生。两次拜访秦老都非常开心地作画相赠，作品用墨淋漓、气势不凡，正体现了他的非凡气度。秦老那种以画交友的大度风格与当下惜画如金的风气截然相反，相形之下，感慨系之，追念之思，油然盈怀。

山水　秦岭云

与莫朴先生

与原中国美术学院院长莫朴先生合影于中国美术学院

莫朴先生是红色艺术家，新中国成立以来先后任中央美术学院华东分院副院长、浙江美术学院院长，曾任中国文联委员、中国美协常务理事、浙江文联副主席、浙江美协主席，在中国美术界享有盛誉。我到浙江美院拜访周沧米教授时，周老鼓励我有机会一定要拜访莫老并向他请教。于是，1994 年借出差杭州的机会，我顺道拜访了莫老。莫老听说我来自福建，又是故交沈锡纯先生之子，亲切感油然而生。他详细地了解了福建画坛的状况和我个人工作学习的情况，还谦虚地说他自己画得不够好，主要精力花在教学上，希望我有机会能到浙江美院去进修。由于工作繁忙，这个愿望始终未能实现，但我和莫老一直保持着书信往来，不断从他那里汲取艺术营养，并且把莫老给我的题词“莫负光阴”当作自己的座右铭。

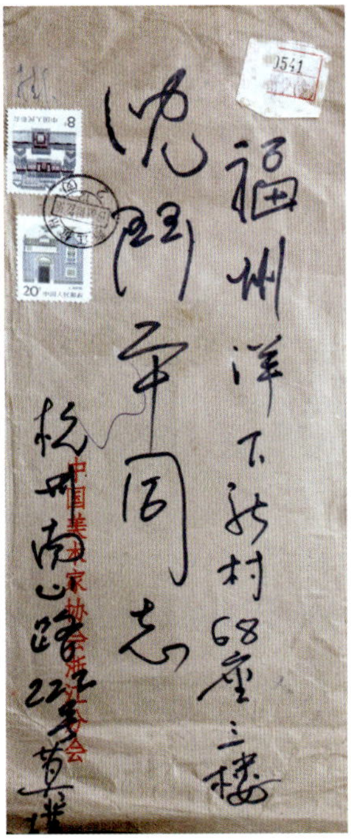

信笺　莫朴

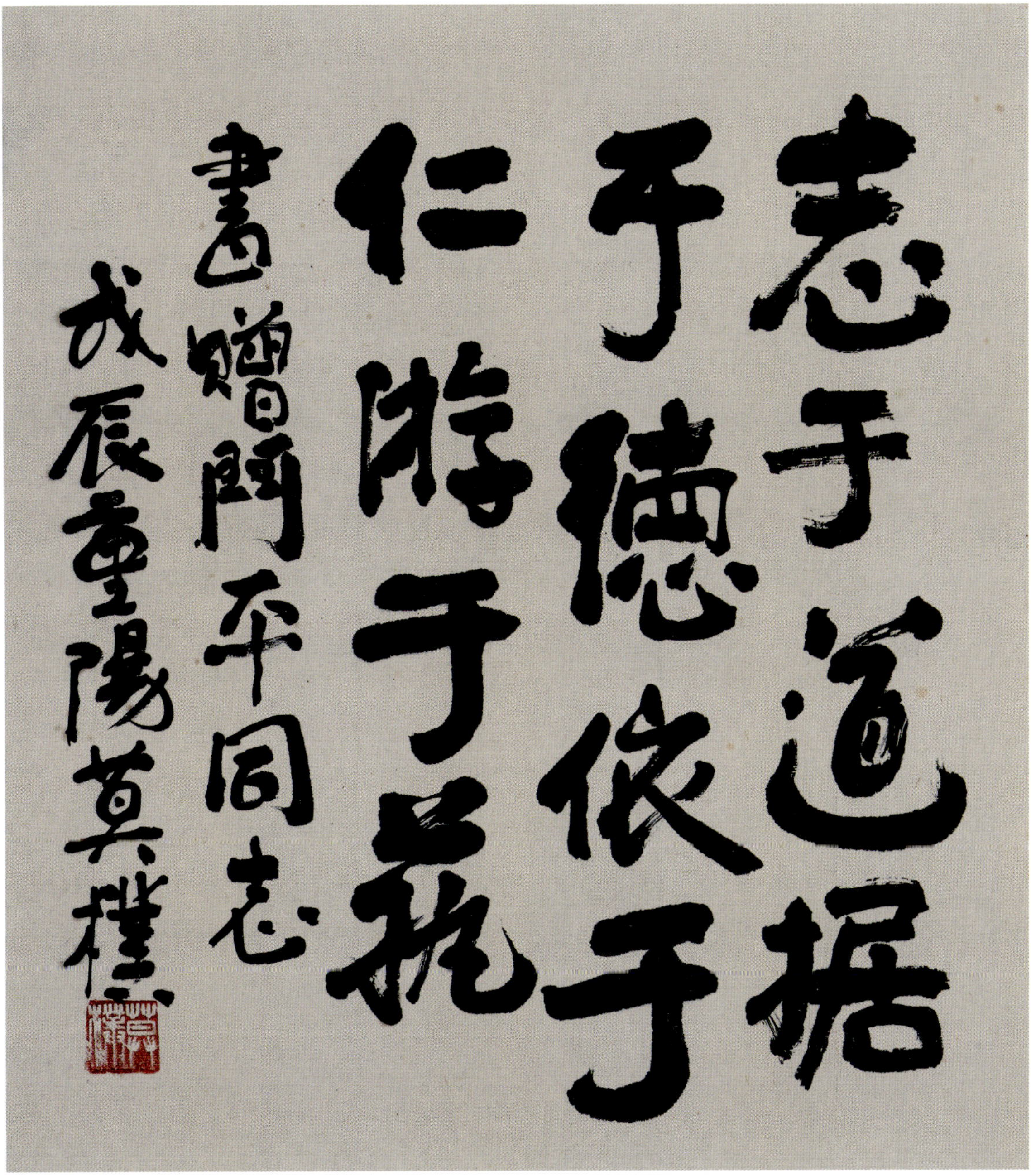

行书　莫朴

与母亲及众亲友合影于赴美汇报画展展厅前

2015年旅美散记

旧金山中国画廊“水墨情缘”国画展

2015年春节，全美福建工商总会和旧金山中国画廊热情邀请我赴美举办个人画展。盛情难却，便有了2015年4月下旬我的美国个展，从而让美国旧金山的书画爱好者没有跨越万水千山，便欣赏到了清新动人的福建山水和婉约可人的花鸟虫鱼。

在夏威夷领略了一番热带风情后，我们于 4 月 27 日晚到达旧金山。踏上美国大陆的一刹那，我万万没想到，商会组织了那么多华人代表，驱车 1 个多小时深夜到机场迎接我们。他们热情地打起“热情欢迎国画家沈斗平先生来美艺术交流”的横幅，在机场候客大厅引起一阵轰动。镁光灯的闪烁和鲜花的芬芳让我们一下子抛开身处异国他乡的漂泊感，恍惚有种回到主场的感觉。那一幕让我感动莫名、永难忘怀，那是海外华人对祖国亲人最真挚的深情厚谊。

28 日画展开幕当天，我们因堵车压着时间点赶到中国画廊，但画廊早已把一切准备停当。当好友向我介绍来自宝岛台湾的画廊主人柴学斌先生时，柴先生热情地握住我的手说：“你总算来了！我们总算见面了！”我知道柴先生不是责怪我迟到，而是相见恨晚的意思，所以我朗声答道：“老大哥，是兄弟总会团聚的！”我们的两双手握得更紧了。回想起来，我们两人虽因画而结缘，其实血浓于水的情感早已丰沛；大陆华人与台湾华人本就是打断胳膊连着筋的兄弟，即使跨越万水千山、即使经历沧桑变幻，这种血肉亲情也永远不会褪色！

画展揭幕仪式上，中国驻旧金山总领馆陈正文领事、王俊明参赞，台湾旅美收藏家、书法家傅励生，旧金山中华艺术学会理事长王海婴，中美艺术研究院院长戴铭康，画界名人吴俊慨，台湾旅美画家陈非雨，全美福建工商总会会长杨长城、副会长黄祯祥、顾问潘剑平、秘书长尤新、副秘书长林延奇，美国山东总商会会长戴雪松、副会长刘磊，

中国驻旧金山领事馆王俊明参赞到场祝贺

天地春　沈斗平

在美国旧金山中国画廊与美国画家挥毫交流

中美友好促进协会纪中生博士，谷歌美国总部劳逆博士等众多当地名人纷纷到场祝贺并致词。百余位嘉宾参加了开幕式，为画展增色不少。盛况在中国画廊史上可谓空前，还吸引了美国《侨报》《星岛日报》《世界日报》以及国内《福建日报》《海峡都市报》和新华网、光明网等众多媒体聚焦报道，成为我人生历程和书画生涯中浓墨重彩的一次经历。

1980 年以来，中国画廊先后举办过中国美术学院院长潘公凯，著名画家娄师白、傅小石等众多名家的画展。在这艺术殿堂里，与美国书画同行、爱好者和华侨朋友共赏书画美，切磋丹青艺，畅叙翰墨缘，共话乡梓情，是我赴美办展的初衷。旧金山中华艺术学会理事长王海婴女士观画后说："沈先生画风新颖，基础扎实，用墨大胆，花鸟画得十分传神！"我知道这是过誉之辞，与其说代表旅美同行对我的评价，不如说是给我的鼓励和鞭策更恰当不过。驻足画作之前，人们仿佛随我乘上轻快的竹筏，浪入山光水色之中，融入神话般的世界，一切风景皆图画，碧水、青山、绿树、繁花、蓝天、白云、飞鸟、游鱼相映成趣，自然之美、漂流之趣、心境之和，宛如一首无声的诗……这才是我一直苦苦追求的、想通过作品向人们展示的国画艺术的神奇魅力，虽未能至，心向往之，我必矢志不渝！

春曲　沈斗平

在斯坦福大学访问交流

斯坦福大学（Stanford University）全称为小利兰·斯坦福大学（Leland Stanford Junior University），1891年由利兰·斯坦福建立，被公认为世界上最杰出的大学之一。它位于加利福尼亚州的帕洛阿尔托市，临近旧金山。斯坦福大学培育了大批的优秀人才，诸如雅虎的创办人之一杨致远、谷歌的创办人布林和佩奇、惠普公司的创办人休以特等等，而诺贝尔奖获得者在这里也是司空见惯、不足为奇。

斯坦福没有围墙，更不要说有校门了，其开放性和包容性可见一斑。沿着主干道一路前行，大路两旁棕榈婆娑，进入主校区的宽大草坪着实让人眼前一亮，精神也为之一振。停好车，我们就往校园的标志建筑群走去。那里由纪念教堂、视觉艺术中心、艺术画廊等组成，附近有胡佛塔楼、图书馆、雕塑园、历史系大楼等。这些建筑颇有欧洲中世纪的风格，在蓝天白云之下显得庄严而充满历史的厚重感。向导介绍，斯坦福大学主教学区始建于1887年，由美国当时最著名的建筑师亨利·

在美国夏威夷

晨曲　沈斗平

美国斯坦福大学的小朋友欢迎作者到斯坦福大学访问

理查森（Henry Richardson）主持设计。亨利·理查森创立了理查森仿罗曼建筑风格，以圆柱低拱廊、巨型中柱、厚实立墙以及大覆盖面屋顶而著称。这些特点在斯坦福大学中央主区得到了充分的发挥，是理查森仿罗曼建筑风格的代表作。

与斯坦福艺术同好交流的过程既紧凑又愉快。最让我感到惊喜的是，主办方还安排了一场与美国小朋友的交流互动。孩子们围绕着我这东方画家亲切地问这问那，兴奋好奇之心溢于言表。我告诉小朋友们中国是个古老神奇、充满活力、艺术氛围浓厚的国度，我们的人民热情友善而多才多艺，欢迎他们到中国来做客，我们一定把最精彩的艺术呈现给他们。交谈之余，小朋友们拉起横幅与我们一行亲切合影，为我们的斯坦福之行留下了珍贵而难忘的一幕。细细品味，艺术是没有国界的，东西方的人们对真善美的追求超越种族和地域的界限。

参观联合国总部

我们抵达联合国总部时正好是阳光明媚的中午。它位于纽约曼哈顿东河沿岸，建成于 1951 年 6 月。向导给我们介绍，联合国总部包括秘书处大楼、会议厅大楼、大会厅和哈马舍尔德图书馆 4 栋建筑。其中秘书处大楼位于中心，是联合国总部的核心建筑。虽然大楼位于纽约市，实际却为国际领土，总部内外各种肤色来来往往的人群似乎是最好的说明。

秘书处大楼前方是 150 多个旗杆，悬挂着联合国成员国的国旗，主旗杆上则是蓝色的联合国旗帜。大楼是早期板式高层建筑，也是最早采用玻璃幕墙的建筑之一。建筑前后立面都采用铝合金框格的暗绿色吸热玻璃幕墙，两端山墙用白大理石贴面。整座建筑体形简洁、色彩明快，质感对比强烈，由于其四四方方的长方体外形而被称为“火柴盒”。值得一提的是，这座举世闻名的建筑是由包括梁启超之子、建筑家梁思成在内的世界 10 位建筑师共同讨论设计的。秘书处大楼一侧较低的长排建筑，是联合国总部的会议厅大楼，紧连会议厅大楼的是联合国大会厅，成员国代表的表决会议都在此举行，因而此地也成为联合国总部出镜率最高的地方。

出于职业习惯，我对联合国总部有关艺术的东西最感兴趣。在联合国总部公众入口的广场，矗立着一座由卢森堡赠送的雕塑，名为“打结的枪”。其弯曲打结的枪管表示了人们对非暴力的向往，以及呼吁国际裁军行动。联合国花园内有一些各国赠送的雕塑和雕像，其中一

在尼亚加拉大瀑布前留影

在联合国总部

座“铸剑为犁”雕塑，是1959年由当时的苏联赠送的。这座青铜雕像是由叶夫根尼·武切季奇制作，雕塑中的人一手拿着锤子，另一只手拿着他要改铸为犁的剑，象征着人类要求终结战争，把毁灭的武器变为创造的工具以造福全人类。在众多艺术品中，还有一座来自我们祖国的象牙雕刻。这座牙雕是1974年赠送给联合国的，它描绘了1970年通车的成昆铁路，由98位技师用8支象牙雕刻了两年多的时间才完成。其工艺的精湛令人赞叹，观赏者甚至可以看到刻在火车里的细小人物。我想，画坛有“笔墨当随时代”之说，而这里风格各异、取材不同的各种艺术品，都反映了世界各国人民对战争的摒弃、对和平的向往、对美好事物的讴歌、对真善美的追求，在此意义上，艺术都是相通的。

外交部驻联合国官员江榕先生向我们介绍，联合国总部会不定期举办各国知名画家的展览。国家文化部也会以官方的名义组织国内知名画家到联合国总部举办联展，向世界展示源远流长的中华文明和光辉灿烂的艺术成就。江先生还热情地邀请我下次有备而来，争取在联合国总部向来自世界各地的人们一展艺术风采。本来参观联合国总部只是一次观光之旅，不曾想带来一个新的愿景：在联合国总部办画展，是福建画家的光荣，也是中国画家的光荣，父辈没有做到的事情，不妨在我手中实现，也算是向给予我艺术生命的父亲一份满意的答卷吧！我当自勉之！

春水　沈斗平

漫游纽约大都会艺术博物馆

大都会艺术博物馆（Metropolitan Museum of Art）位于美国纽约5号大道上的82号大街，是美国最大的艺术博物馆，也是与英国伦敦的大英博物馆、法国巴黎的卢浮宫、俄罗斯圣彼得堡的彼得格勒美术馆齐名的世界四大博物馆之一。

大都会博物馆建于1880年，整个博物馆是一幢宏伟的大楼，占地8公顷，为北京故宫博物院的1/9，但展出面积超过24公顷，反而是故宫博物院的两倍。它背依纽约中央公园，闹中取静，环境幽雅。然而，在建筑上没有体现出美国人的创造性，高台阶、大廊柱，与任何一座标准博物馆一样。但展出内容却丰富多彩，体现了资金足、气派大的美国风格，吸引了比纽约任何一个景点都多的游客，每年来此参观者约有五百万人之众。我们上午九点多到达博物馆时，门口早已排起各种肤色参观者组成的百米长队，其巨大的吸引力和人们的热情可见一斑。

向导给我们介绍，该馆的展览大厅共有3层，分服装、希腊罗马艺术、原始艺术、武器盔甲、欧洲雕塑及装饰艺术、美国艺术、R·莱曼收藏品、古代近东艺术、中世纪艺术、远东艺术、伊斯兰艺术以及19世纪欧洲绘画和雕塑、版画、素描和照片，20世纪艺术，欧洲绘画、乐器和临时展览18个陈列室和展室，藏有埃及、巴比伦、亚述、远东和近东、希腊和罗马、欧洲、非洲、美洲前哥伦布时期和新几内亚等各地艺术珍品330余万件。

沉思．在流失海外最大的敦煌壁画前（纽约大都会博物馆）

赏春　沈斗平

与李汉、谢越、何诠森在苹果公司参观

大都会博物馆也收藏了许多珍贵的中国古代文物，如商周汉青铜器、唐宋明清瓷器、明代木家具、清代绘画等，其中有些还是中国已经失传的孤品，可谓件件价值连城。它所收藏的中国历代瓷器陈列在二楼亚洲馆大厅四周，藏品从早期青瓷、白瓷，唐代长沙窑、三彩，宋代定、汝、官、哥、钧五大名窑，到元代青花、釉里红，明、清之际的景德镇青花、红釉、黄釉、斗彩、五彩、墨彩等等应有尽有。在那里几乎可以看到完整、详尽的中国瓷器史。

向导向我们介绍，大都会博物馆的藏瓷不只是瓷的种类全、数量多，而且大多是精品，有些甚至是稀世珍宝。传说宣统年间清廷财政周转不灵时，把一套深藏在宫里的历代皇家的传世宋钧窑瓷器以白银 10 万两的价值抵押在英国的汇丰银行，因逾期未赎，由汇丰银行转卖给了大都会博物馆。大都会博物馆所藏中国瓷的珍贵程度，由此可见一斑。

在一处名为“赛克勒”的大厅里，那张顶天立地的巨幅中国壁画让我徘徊不前。一望而知，大都会博物馆当中最大的这个展厅是为这件《药师佛绘图》量身定做的。药师佛坐在莲花宝座上被众神所围绕，药师佛在他的净土——玻璃世界，其中的主尊坐佛两侧是大协赐菩萨，右边是观音菩萨，左边是文殊菩萨。这张壁画出自于山西红铜县的广胜下寺，它是用水颜料覆盖在黏土与麦秸混合成的底图之上制成的。作品成于 1278 年，1965 年阿瑟赛克勒以此作为礼物进献给他的父母萨克索菲塞鲁克。在奇珍异宝琳琅满目的大都会博物馆，无论你以怎样的艺术标准来看，这件艺术品都给人以巨大的震撼：它壮丽辉煌、绚烂多彩，它雍容坦荡、泱泱大气，它庄严静穆、博大宽广。这块东方净土放射出一种神秘苍茫的博大气象，大都会博物馆接待它的规格体现了在西方世界里它的地位是何等尊崇！

亮节高风　沈斗平

然而，除了艺术震撼，我的心被深深刺痛了！这件稀世珍品本不应该在这里，应该在它的祖国、它的故乡！我不由想起一组数字：据中国文物学会统计，从1840年鸦片战争以来，因战争、不正当贸易等原因，致使大批中国珍贵文物流失海外，其数量超过1000万件，其中国家一、二级文物达100余万件之多。联合国教科文组织的统计则是另一个数字：在47个国家的200多家博物馆中有中国文物164万件，而民间藏中国文物是馆藏数量的10倍之多。这两个统计口径都反映了一个接近的数据：在海外的中国文物超过1000万件！它们固然是全人类共同的文化遗产，应该造福于全世界，但它们首先是中华民族的宝贵遗产，它们的祖国是中国！

一直觉得，博物馆是我们一生中必须去很多次的地方。我辈生来也晚，有那么漫长的时光我们来不及参与，但是当看着那些历经沧桑的物件，却仍能感受那斑驳而悠远的过去，那里蕴含了许多灵魂故事，它可以带给我们许多新的思考。告别大都会博物馆，离开大都会纽约，我们即将踏上归程。一个念想让我久久不能释怀：那些珍贵的历史文物究竟何时能回归祖国的怀抱？但愿我们能为此做些什么。

收藏书画选

刘勃舒

韩天衡

宗其香

沈锡纯、李燕、沙更士合作画

王来文

周怀民

赵 庸

白雪石

催振宽

王有政

方 俊

田　镛

林義民

华庆民

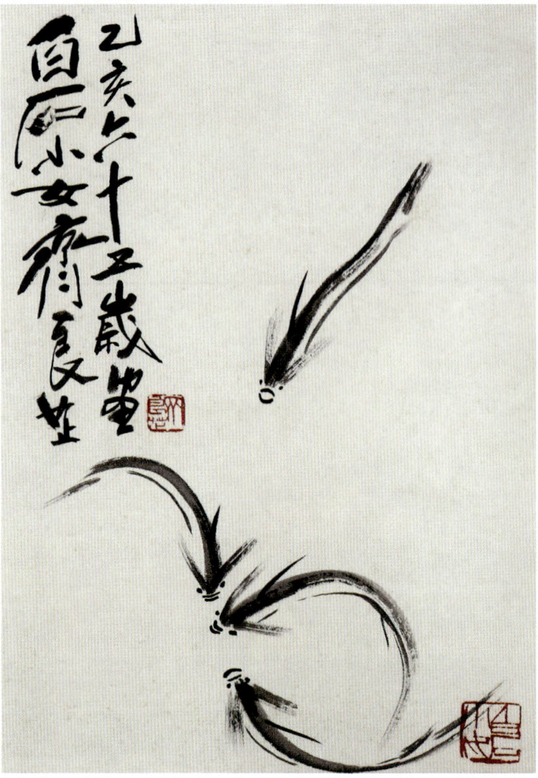

齐良芷

田　原

王保中

丁茂鲁

黄永厚

吴玉梅

曹简楼

何方华

姜舟

沈冰山

黄鸿义

康 庄

吴增义

董庆生

胡 术

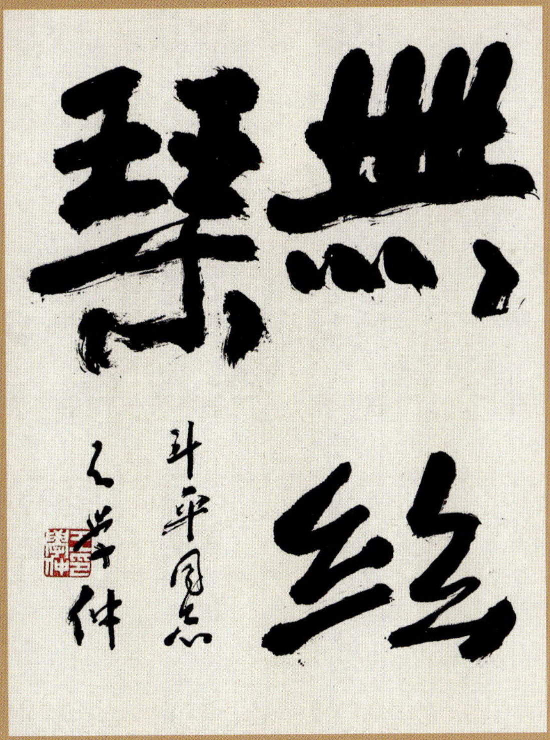

王学仲

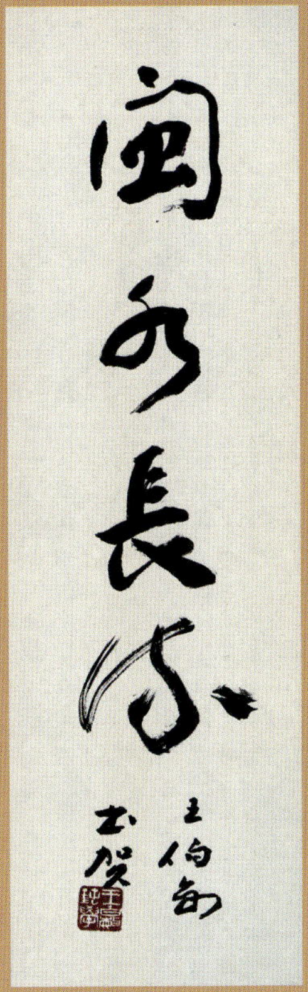

王伯敏

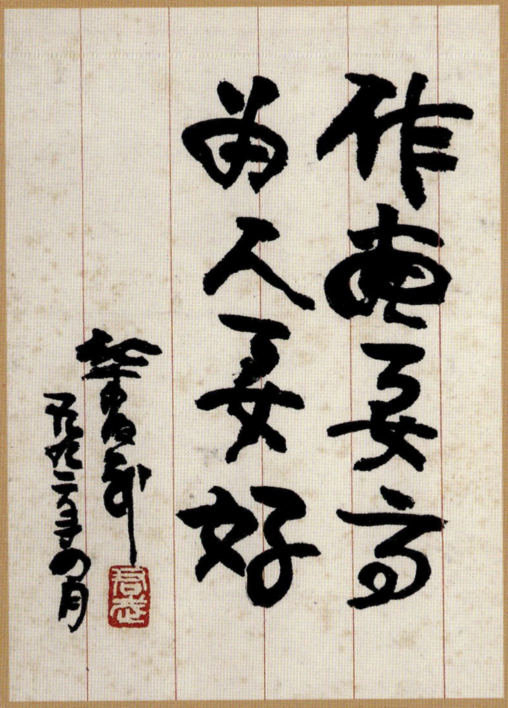

华君武

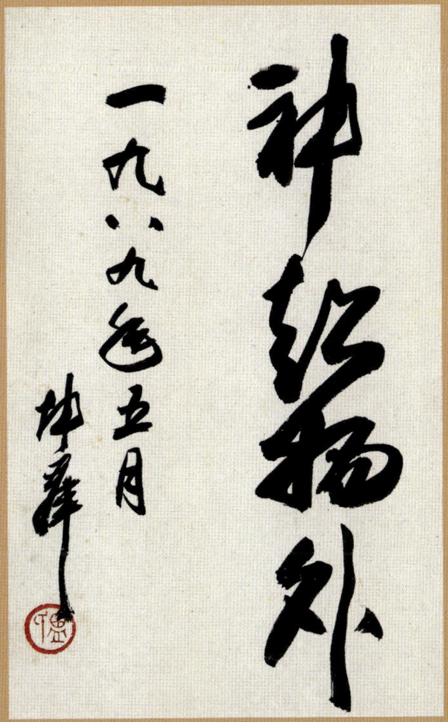

卢坤峰

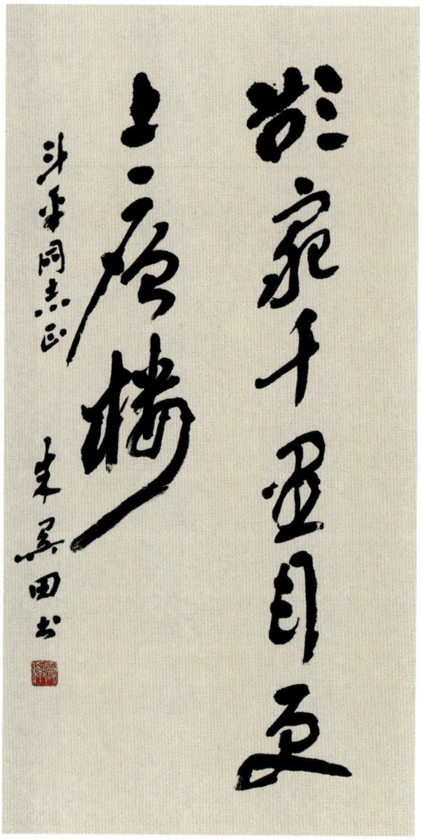

朱关田

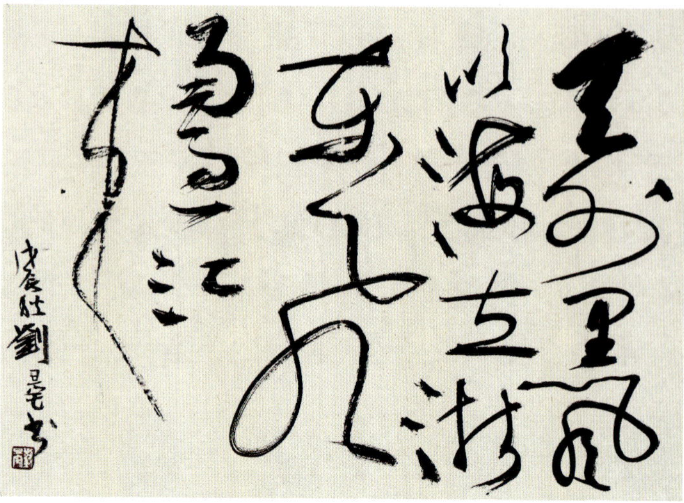

刘旦宅

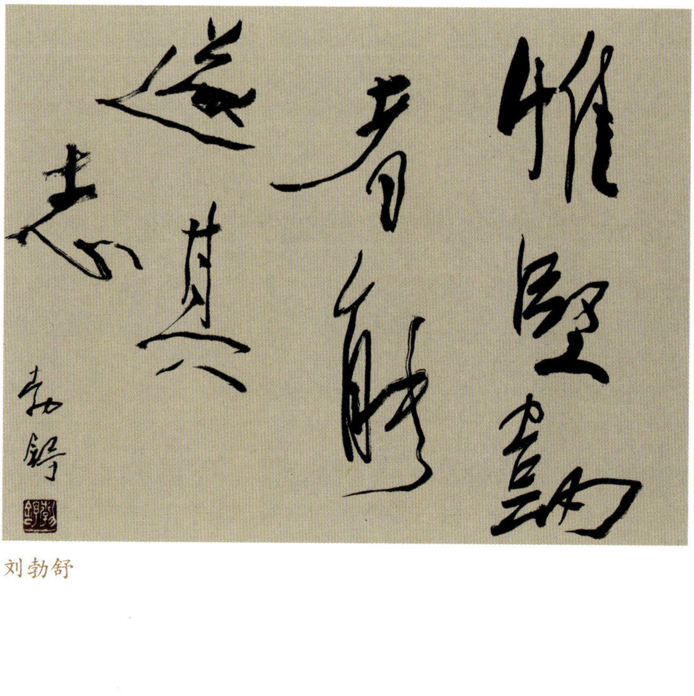

刘勃舒

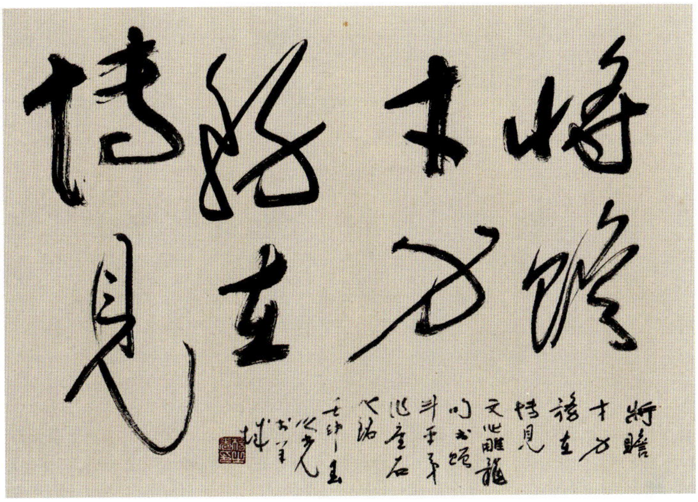

杨之光

陆抑非

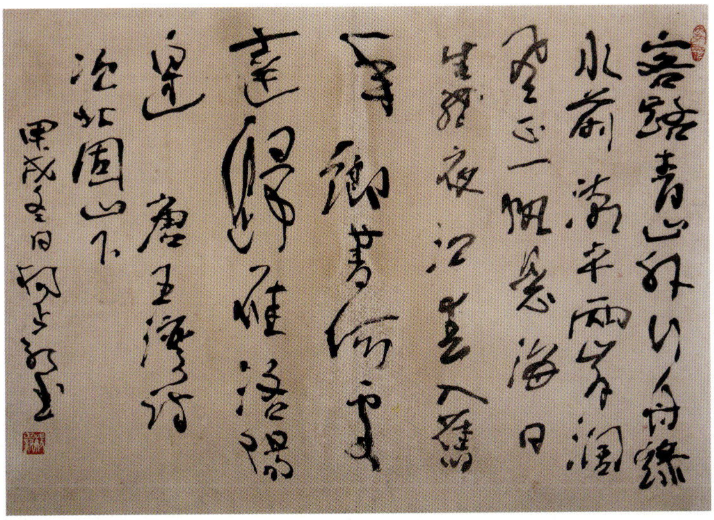

杨正新

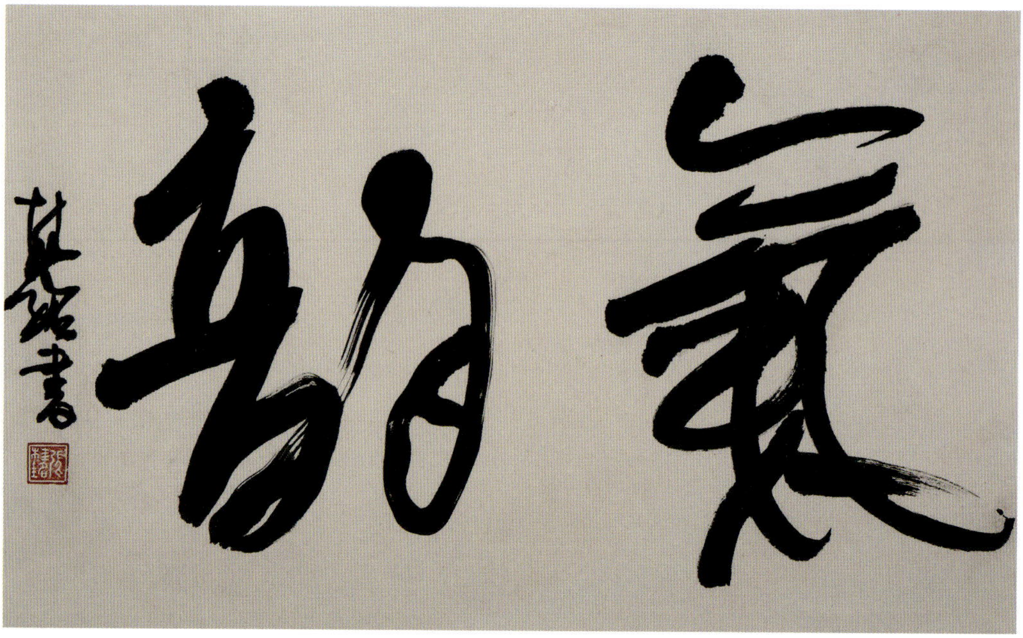

张桂铭

陈大羽

武中奇

贲新我

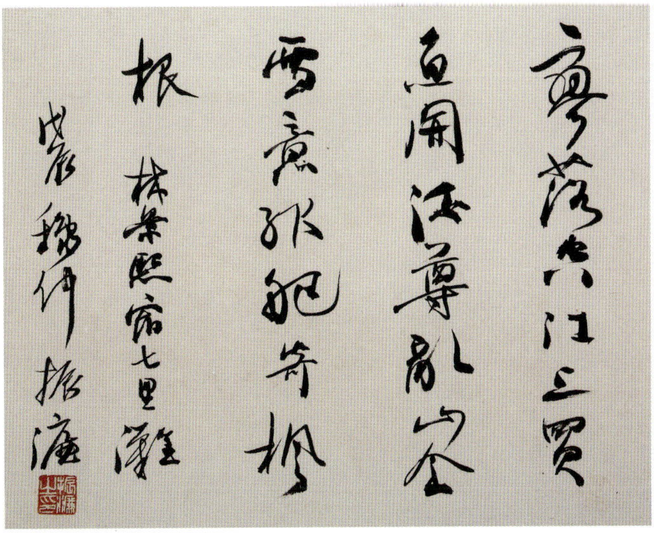
陈振廉

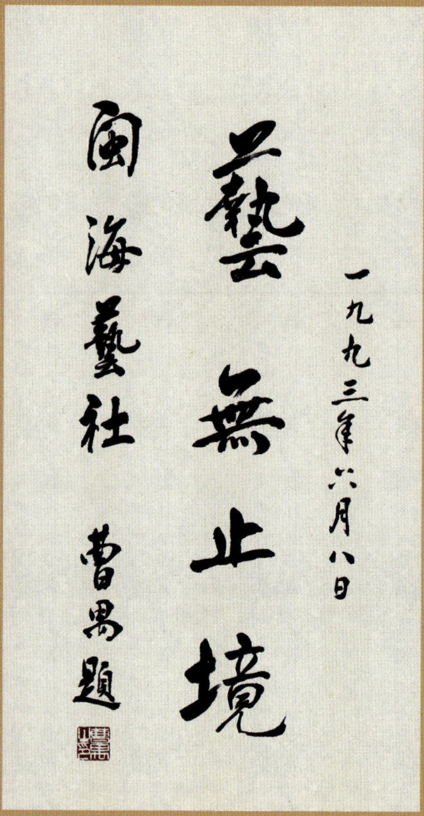

曹　禺

冯今松

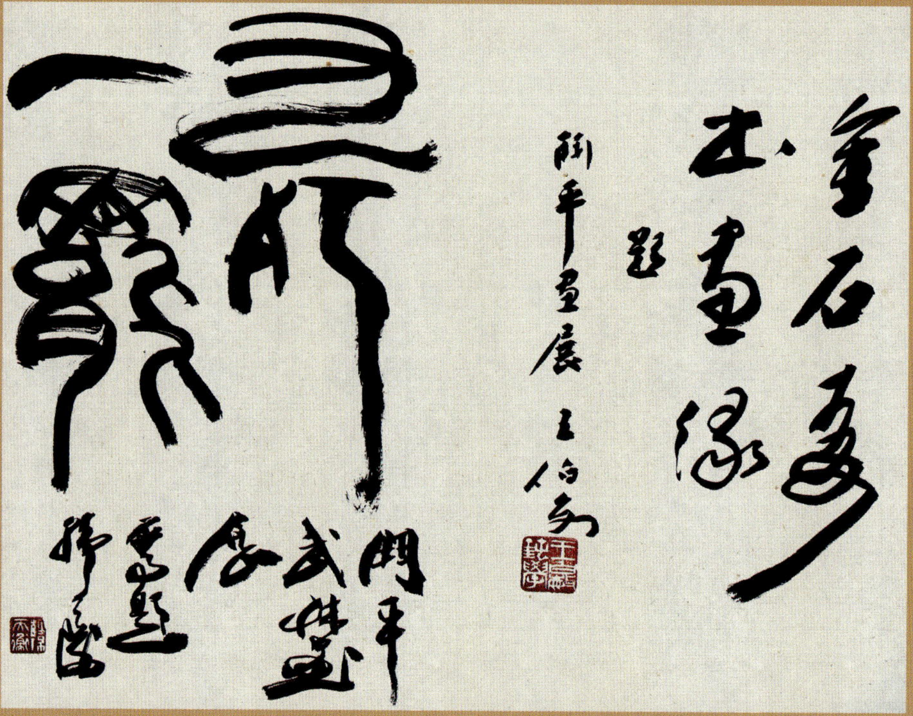

韩天衡

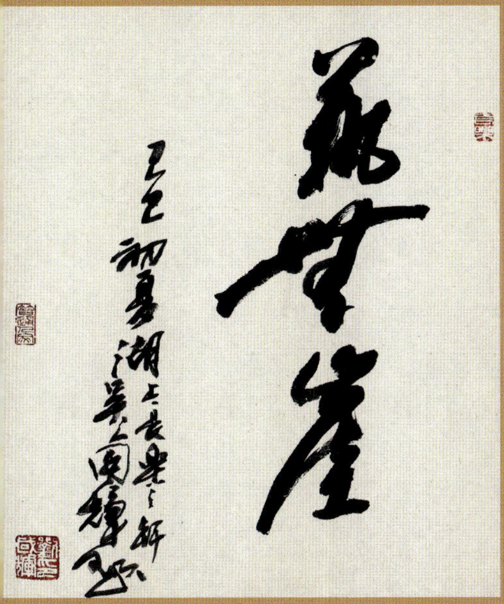

刘国辉

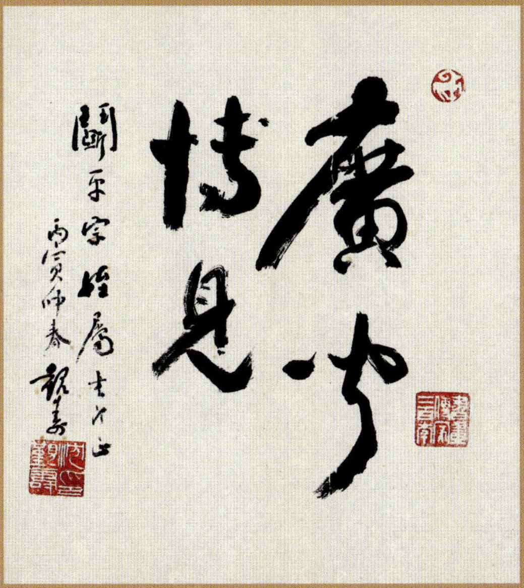

沈觐寿

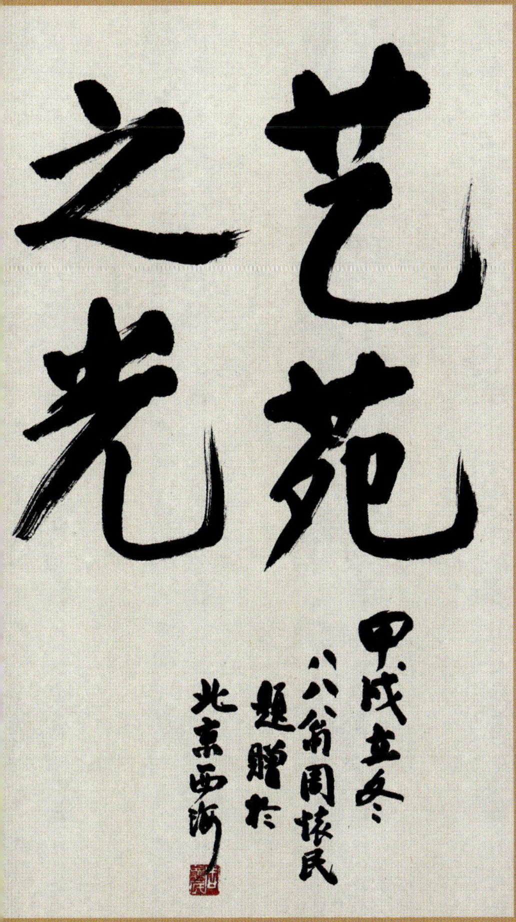

周怀民

刘夜烽

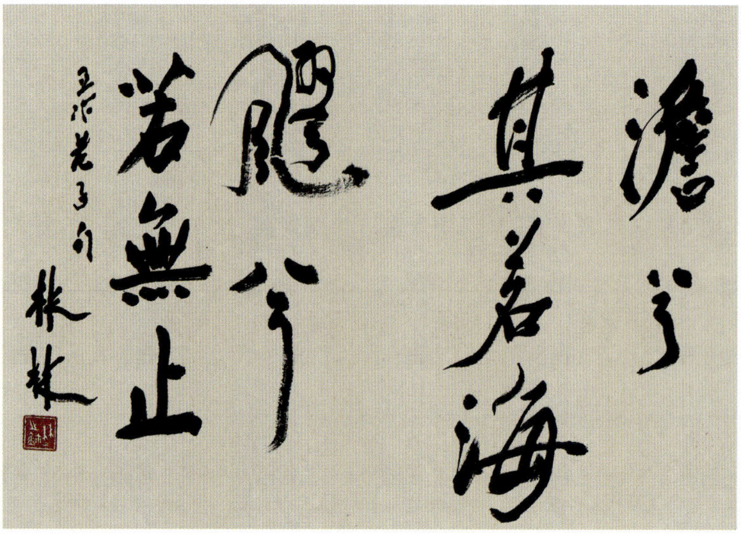

林　林

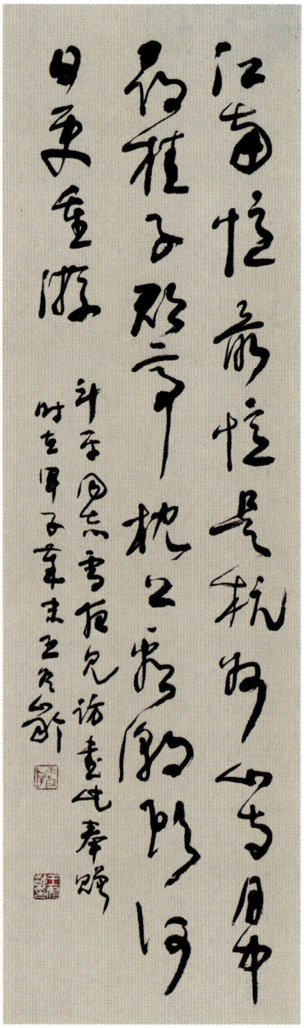

王冬龄

钱行健

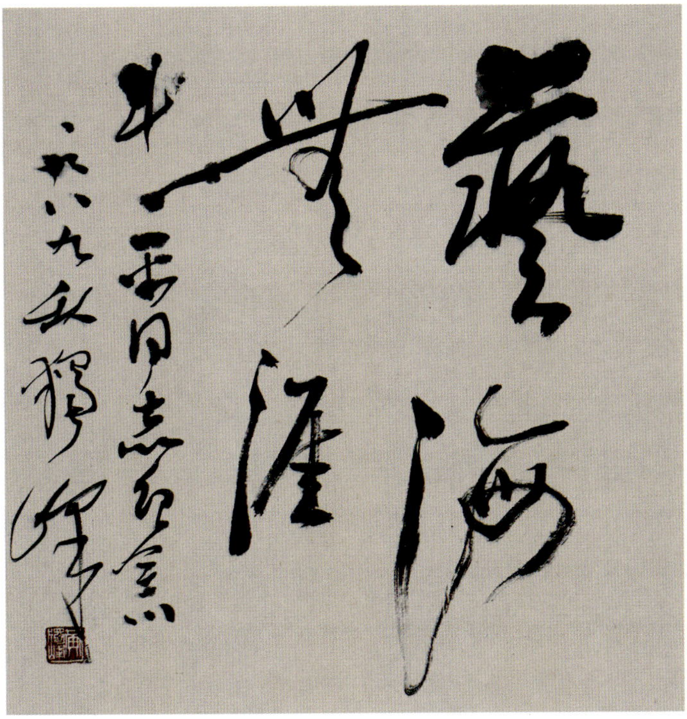

黄独峰

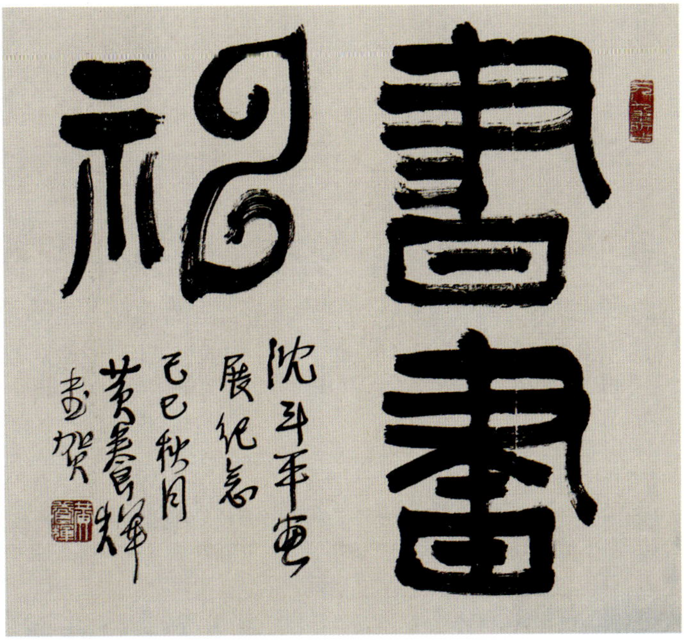

黄养辉

钱君陶

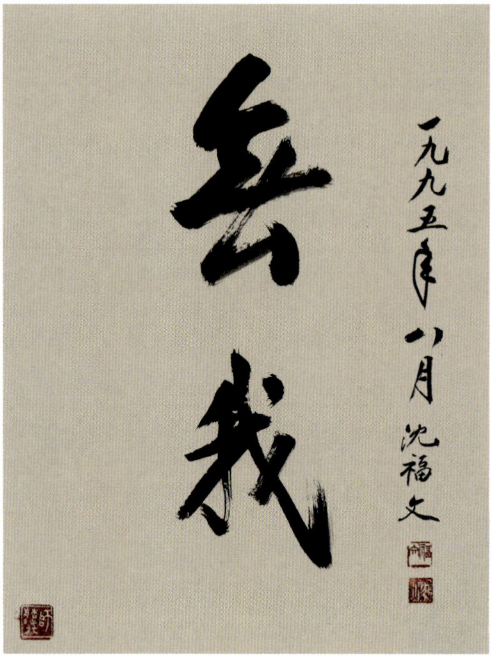

沈福文

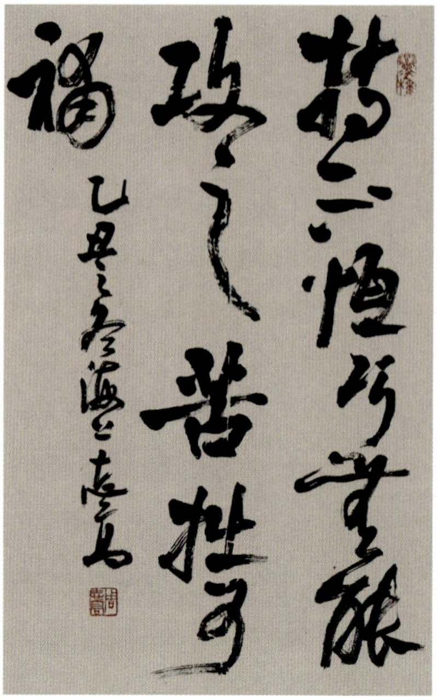
周志高

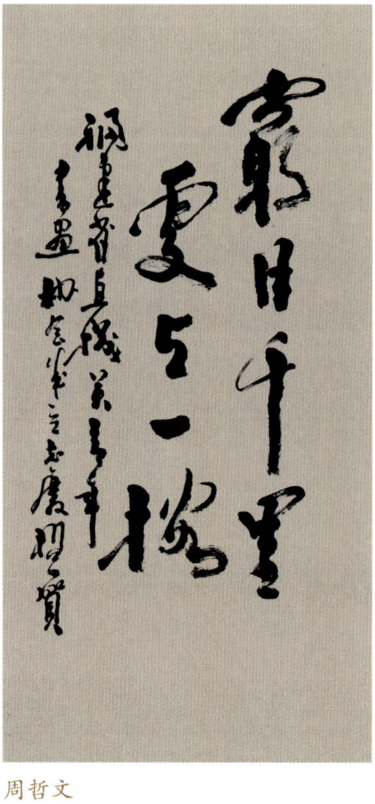
周哲文

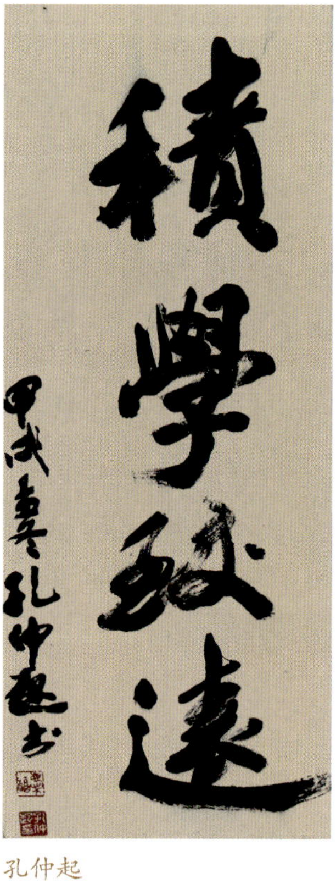

孔仲起

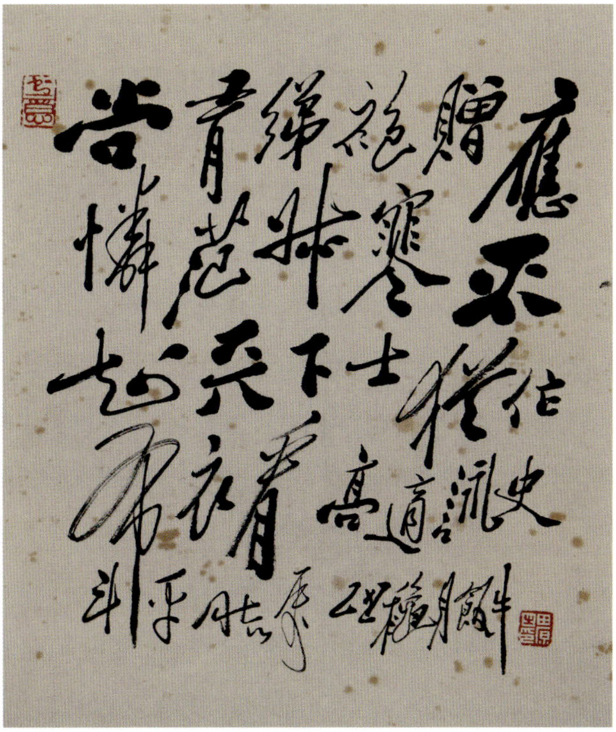

田　原

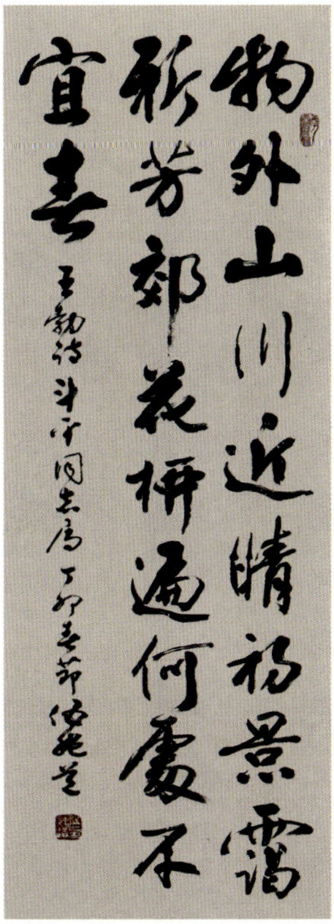

伍纯道

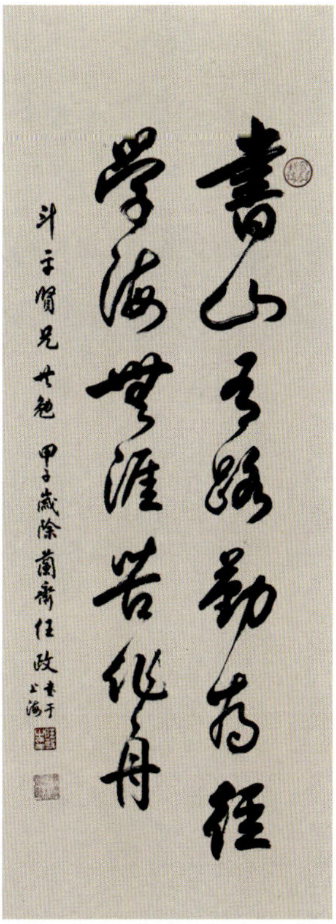

任　政

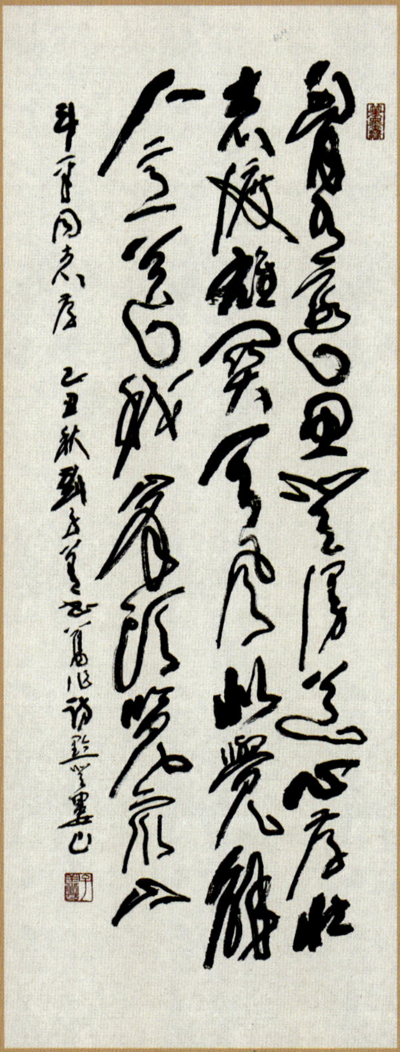

刘子善

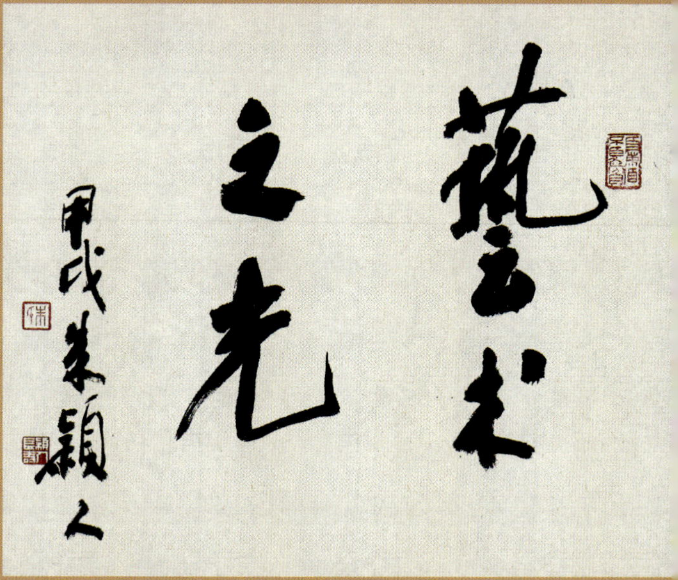

朱颖人

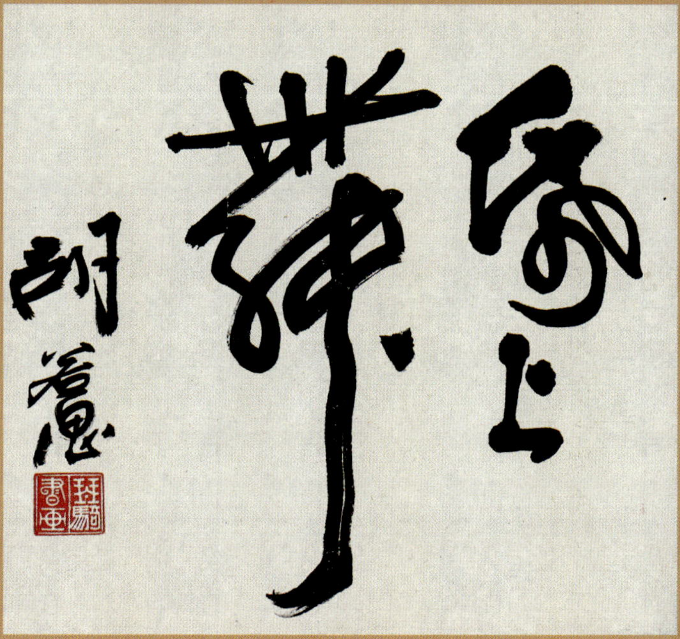

胡若思

周浩然

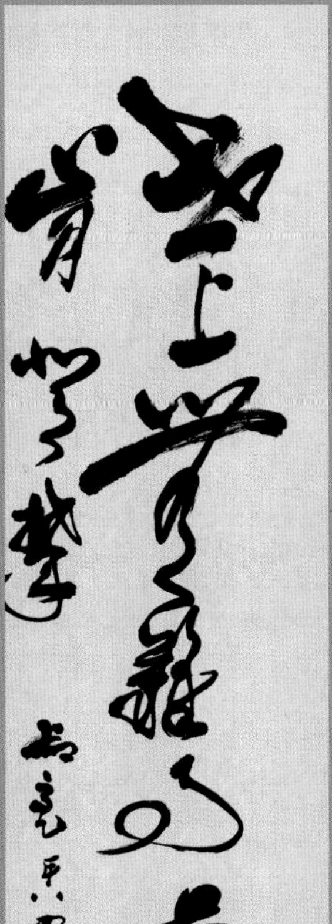

陈叔亮

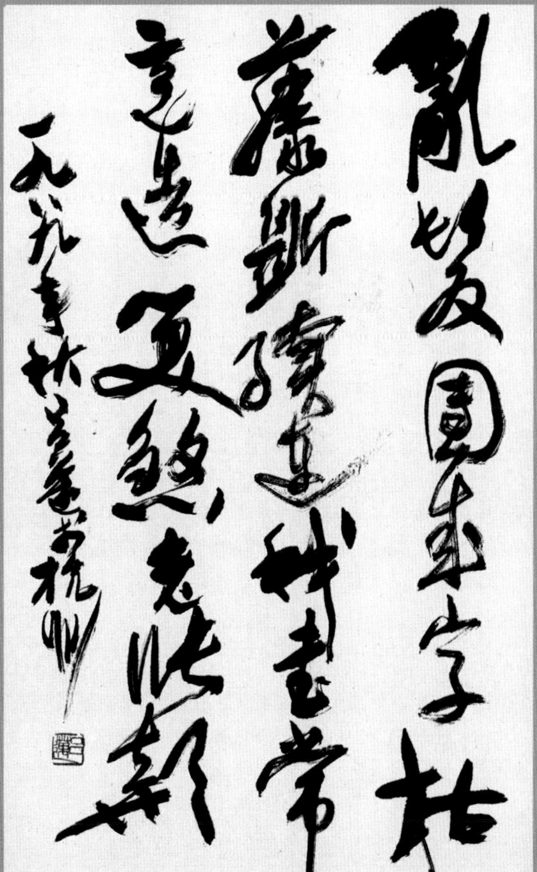

吕 迈

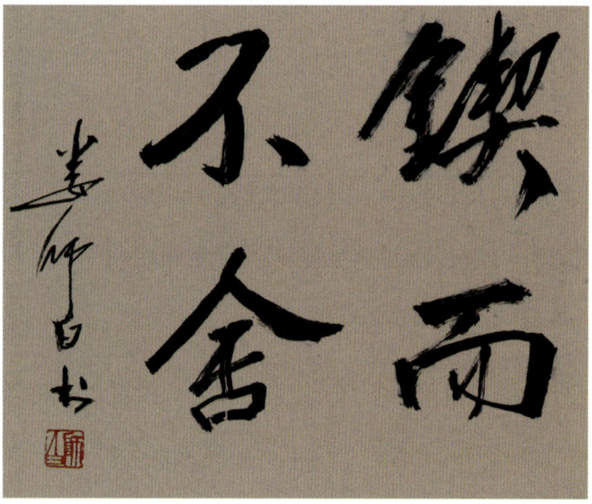

娄师白

尉天池

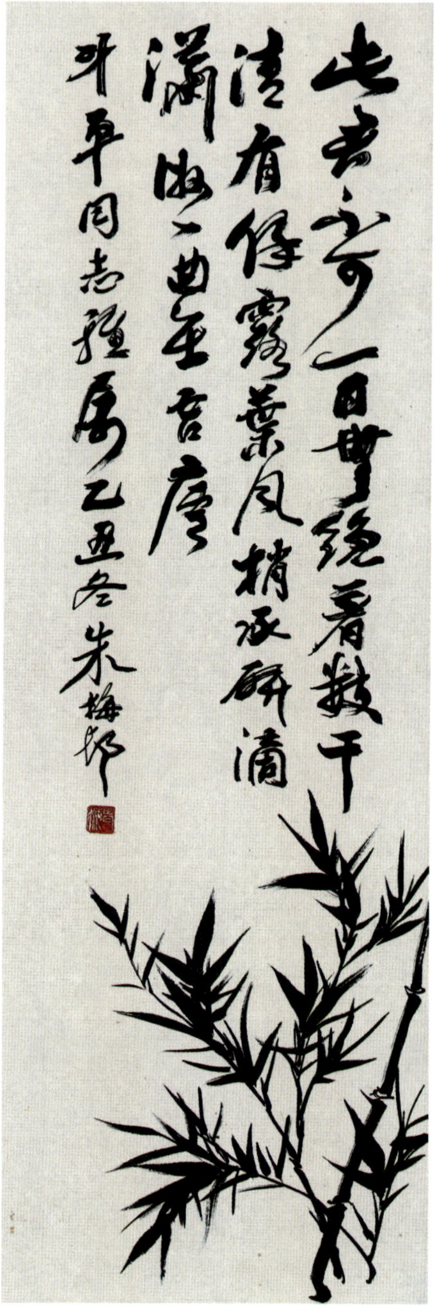

朱梅邨

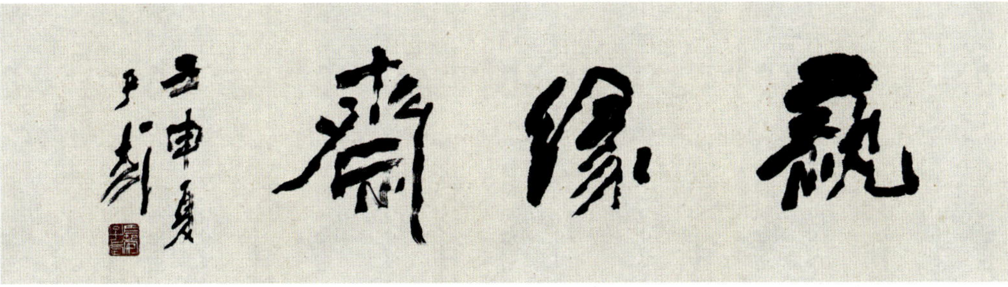

王子武

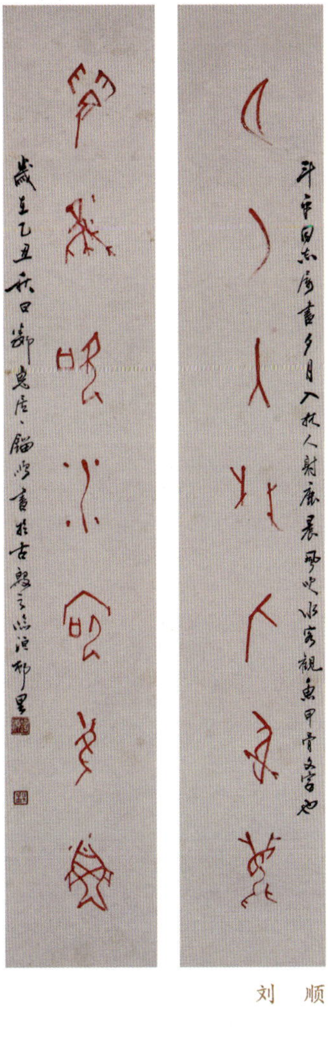

刘　顺

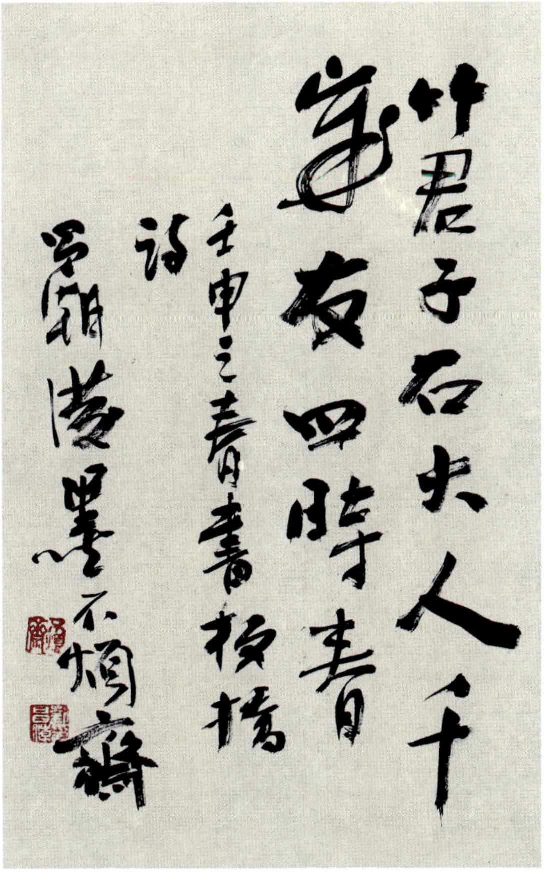

刘昌潮

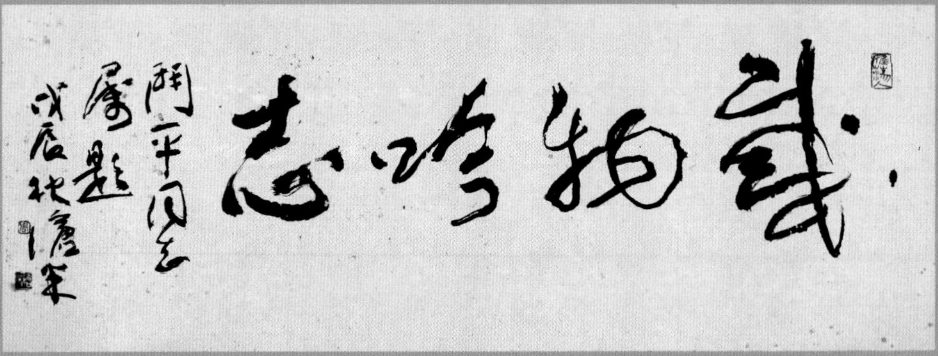

周沧米

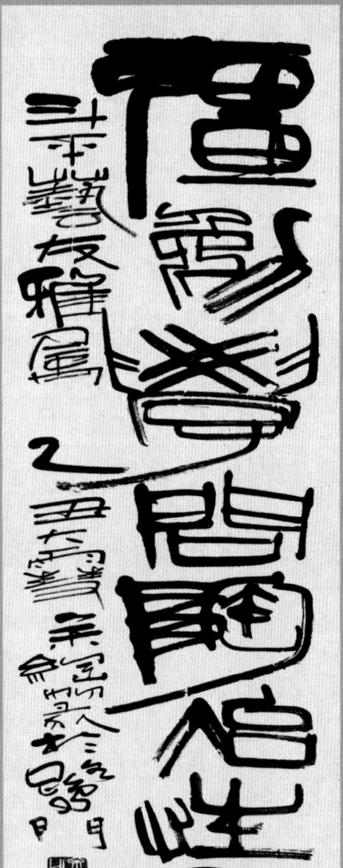

余　钢

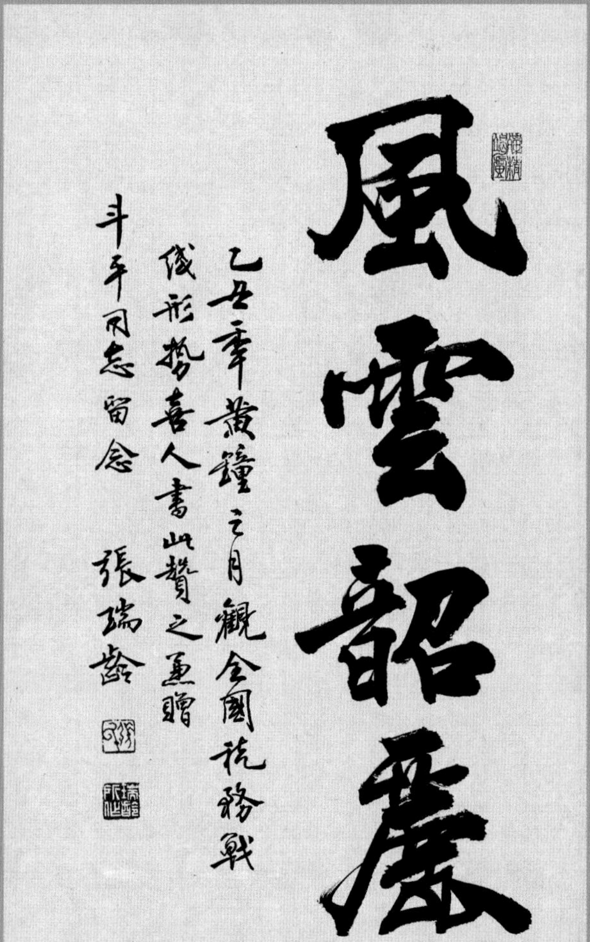

张瑞龄

徐圆圆

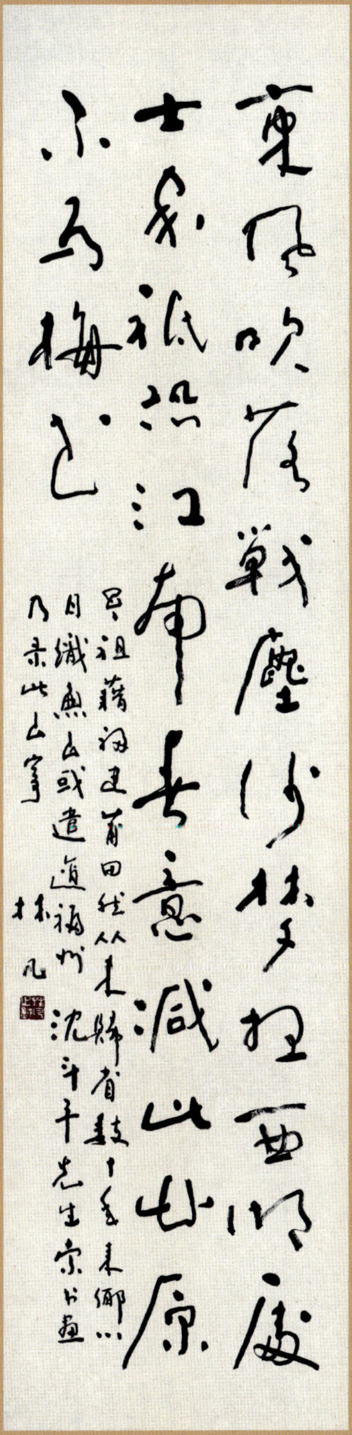

林　凡

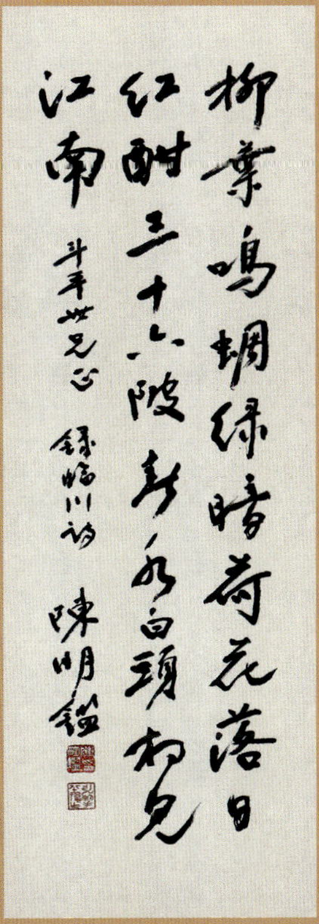

陈明鉴

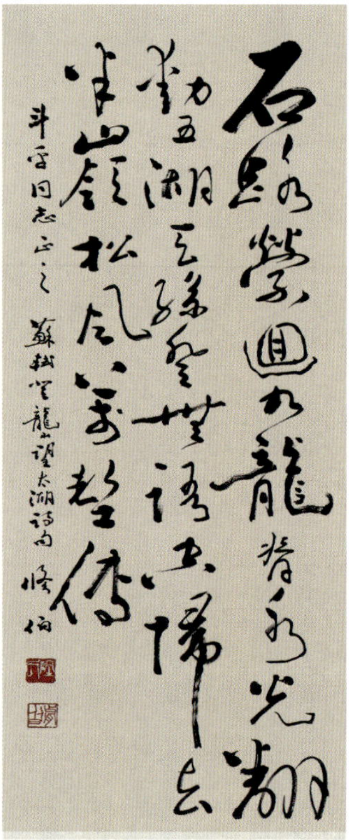
陆修伯

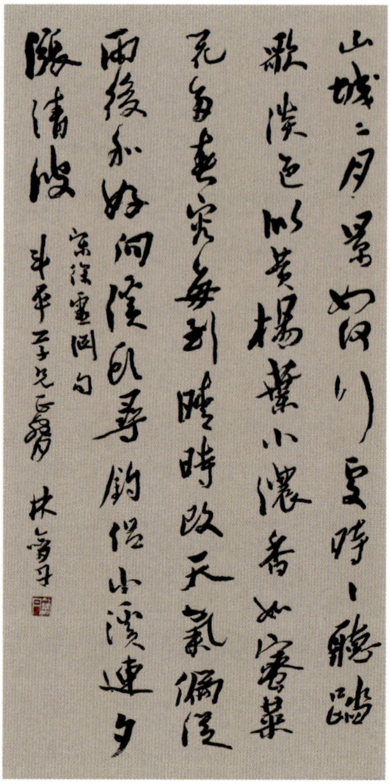
林剑丹

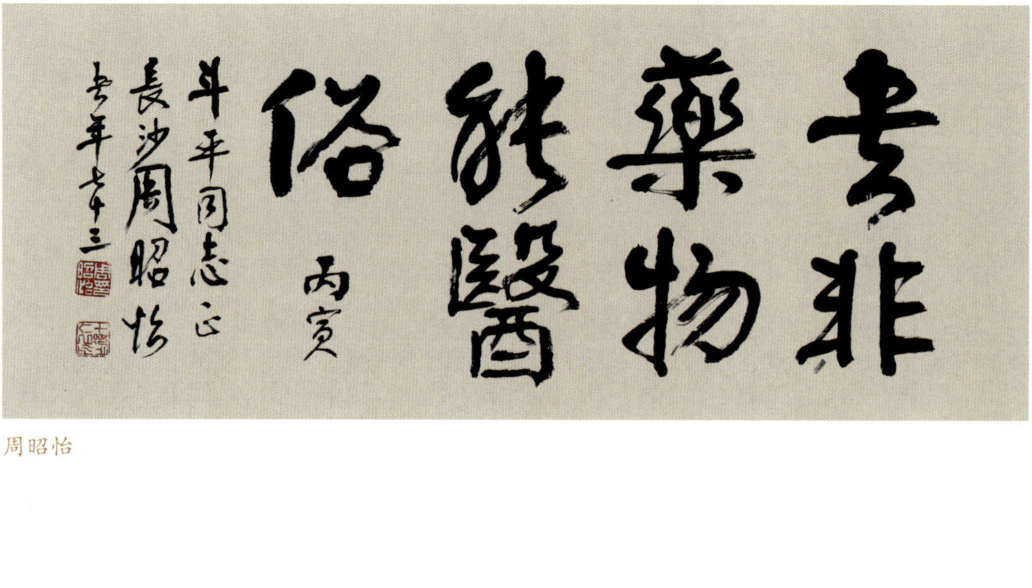
周昭怡

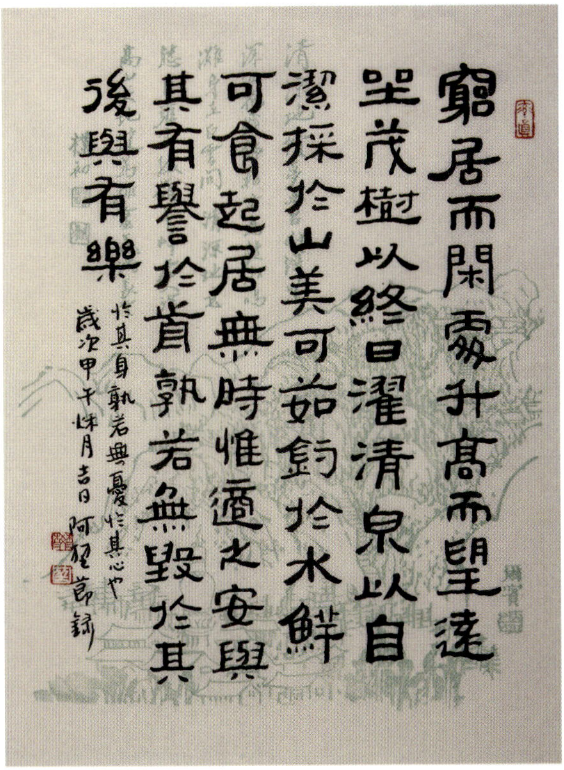

樊 堃

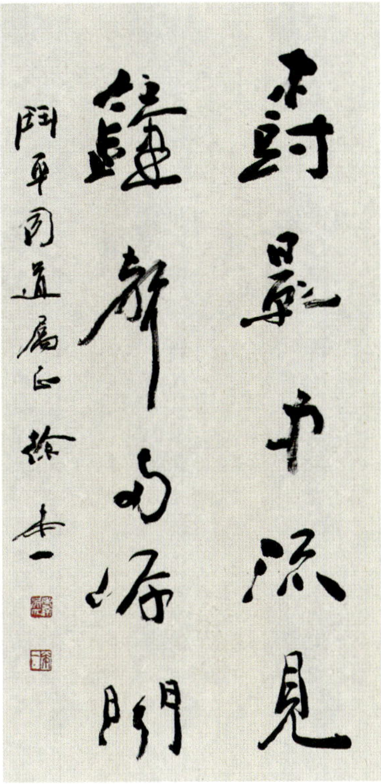

徐本一

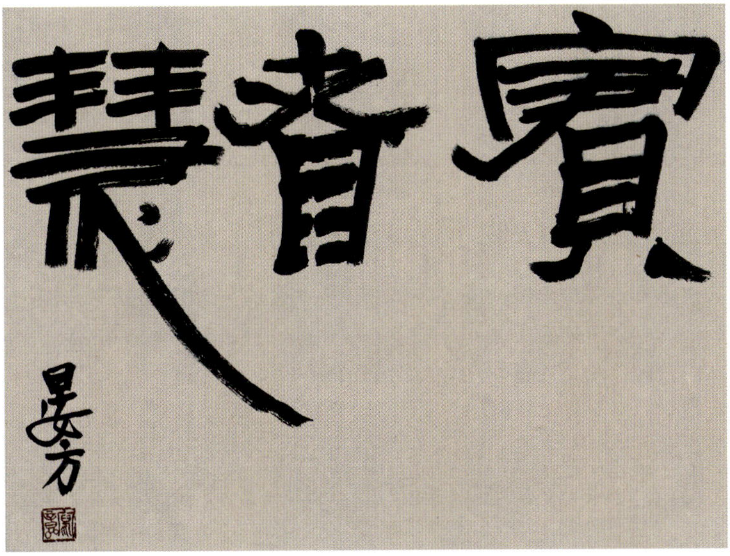

童晏方

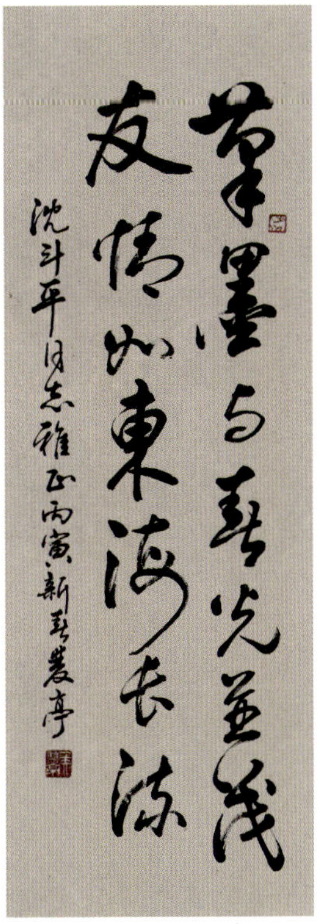

侯双亭

夏湘平

戴小京

李大林

附　录

艺术活动剪影

1987 年在杭州西泠印社举办画展

1988 年在厦门文化宫举办画展

1988 年在北京音乐厅举办画展

1989 年在上海“朵云轩”举办画展

1992 年在北京中国美术馆举办画展

2004 年在福州画院举办“沈锡纯、沈斗平父子画展”

2012 年在福州画院举办画展

2015 年在美国旧金山中国画廊举办画展

2015 年 6 月“水墨情缘——沈斗平赴美艺术交流汇报展”在福州画院举办

后 记

家中方寸小筑，有幸所藏略丰，我常与高朋好友坐而论道，赏画鉴字，既无丝竹之乱，亦无案牍之劳，更有几分偷闲的惬意。赏鉴之际，字画背后的趣闻逸事常令好友心折。林川兄、伟德、诗迎、晨雄等人建议我将所藏300多幅名家墨宝辅以往事摘选结册，以飨读者。好友一番真意，我虽心动，然工程浩大，不免拖延，好友一再敦促，乃提笔记下，终成。

当我在“学乐斋”案头翻起样书时，似乎经历了一次时光旅行，柜中那台古旧的“飞跃”牌相机依稀还是崭新的模样，周围的名家字画仿佛还透着笔墨清香，四壁略微泛黄的合照里一位位熟悉的身影犹如近在咫尺，窗前倒影中的自己隐约还是30年前的弱冠少年。彼时，我有幸凭着家学因缘，窥见翰墨丹青的瑰奇，触及艺术门楣的一角，每每盼到工作之余，凭着一腔求学热情，怀着对大师泰斗的敬仰，带着水仙、笋干、漆器等福建特产，拿着作品斗胆远赴各地登门拜访——而今回想起来，或许只有当年的初生牛犊才有那种勇气和毅力吧——然而大师巨匠们却不以名士高居，对眼前这样一个无名小辈关爱有加，不鄙视我的朴实土气，不嫌弃我画作的幼稚青涩，细细指点毫不藏私，乃至此后还屈尊降贵，不仅与我保持鸿雁往来，还不吝寄来墨宝……

难忘启功先生，前后五次为成长中的我亲切教导，真诚点拨，令人如沐春风，像灯塔一般为我领航；

难忘冰心老人言谈举止中流露的童真，老人始终保持的年轻心态、对我一次次的叮嘱关爱，都给了我人生的智慧与引导；

难忘陆俨少老师，即使受着严重哮喘的困扰，还为我多次认真圈点评阅，历历在目的往事，是我艺术之路上必不可少的精神激励；

难忘何海霞前辈，那一次与我谈到酣畅之处，欣然提笔，以88岁高龄之躯，蹲在地上在我习作上即兴添画梅花。前辈蘸墨、舔笔、举笔的神情，一直到今天，仍像明灯一样在我心中照耀……

与前辈们的合影始终挂在我家中，不是为了使蓬荜生辉，而是我对大师们所持有的敬重感恩之情以及对自己的鞭策警醒。现今市场经济的浪潮冲击，难免物欲横流，抹去了些许人与人交往中的纯真，令人唏嘘。大师们对我的无私给予，只为后辈的成长成才，别无欲求，如此高风亮节，对我不仅仅是艺术上的熏陶，更是做人做事的言传身教。书画之道，取诸万物，师法自然。悟性是为其一，当在瓶颈中彷徨反复时，指导和点拨带来的顿悟则有柳暗花明、拨云见日之奇效，如此拳拳真情和谆谆教诲，思及念及，怎能不令人心暖动容。正所谓：不惧岁月年华逝，唯念丹青暗香留。

值此成书之际，感谢 路走来对我无私给予、真诚教导的前辈大师、亲朋好友，尤其是启功先生、族兄柔坚先生，还有父亲、母亲，因为你们我才能有今天的收获。同时，还得感谢苏诗迎、何泠森、刘玶玲、黄家峰、赵立峰等人，为此书的文字编辑、书画整理所付出的劳力，同时感谢杨华铿、杨升平、叶炜琳、李红波等人给本书提了许多好建议，还有诸多好友给予的支持和鼓励。

沈斗平
2016 年 5 月

图书在版编目(CIP)数据

盛世艺征:沈斗平翰墨缘/沈斗平著. —福州:海峡文艺出版社,2016.8
ISBN 978-7-5550-0824-8

Ⅰ.①盛… Ⅱ.①沈… Ⅲ.①散文集—中国—当代 Ⅳ.①I267

中国版本图书馆 CIP 数据核字(2016)第 147177 号

盛世艺征

——沈斗平翰墨缘

沈斗平 著

责任编辑 何 欣 蓝铃松
出版发行 海峡出版发行集团
海峡文艺出版社
经　　销 福建新华发行(集团)有限责任公司
社　　址 福州市东水路 76 号 14 层 **邮编** 350001
发 行 部 0591—87536797
印　　刷 福州万紫千红印刷有限公司 **邮编** 350013
地　　址 福州市北环东路 15 号红星工业区 12 栋
开　　本 787 毫米×1092 毫米 1/16
字　　数 190 千字
印　　张 13
版　　次 2016 年 8 月第 1 版
印　　次 2016 年 8 月第 1 次印刷
书　　号 ISBN 978-7-5550-0824-8
定　　价 68.00 元